长得漂亮
不如活得漂亮

长得漂亮
不如活得漂亮

长得漂亮
不如活得漂亮

长得漂亮
不如活得漂亮

杨二车娜姆 著

长得漂亮

不如活得漂亮

（增补纪念版）

中国青年出版社

长得漂亮
不如活得漂亮

我认为性感的女人就是这样的一种女人，

她是自信的，

因为她首先爱她自己，

然后爱她的生活，

爱她的五官，

爱她生命的延续，

珍惜并爱着她所拥有的一切。

Apartment

An apartment for a woman is more important than having a man. In this world, you can wish for beautiful things, but never wish to rely on a man for your entire life.

Contents 目　录

在山头上我化悲痛为力量，每天抬木头，刷油漆，搬砖头，睡地上。

长得漂亮
不如活得漂亮

《长得漂亮不如活得漂亮》这本书出版后，得到了广大女性读者朋友们的喜欢，欢呼，铭记，甚至是作为人生的座右铭，写在日记中，放在电脑桌面上，作为自己的网络别名。书加印过几次，最后卖断货后，被出版社列为旧书行列，不再出版。难得读者一直坚持问询，问烦了我，问烦了编辑、出版社，才又同意出版了。

长得漂亮不如活得漂亮，这句话，能在女性读者里产生这么大的影响，我是很意外的！当年，在写这本书时，正好是我人生最多磨难的时刻。对我宠爱万千的挪威王子和我最终没有能逃过"七年之痒"。在仅仅数月之间，我曾经的生活全部改变：那时，我住在瑞士日内瓦湖边，每天清晨睁开眼睛，打开睡房窗帘就能在市中心顶层的楼上看到世界上最大的喷泉，看到最纯净的蓝天白云；走进浴室，他替我挤好牙膏；走进客厅，咖啡早已煮好，杯子边永远都会有一张"我爱你"的卡片；我们旅游，我们品美食，我们去世界上最美丽的地方购物、逍遥。突然间的情变，让我第一次品透了"缘分尽了"的说法。

失恋就去盖房子，我回到了我的家乡——泸沽湖，想在山头上为家乡的旅游增加一个景点，盖一个专为艺术家免费提供创作场所的地方。在山头上我化悲痛为力量，每天抬木头，刷油漆，搬砖头，睡地上。躺在我们摩梭人格姆女神山脚下的我，知道自己这个女人不是一个凡胎！冥冥之中，我知道这是我们的格姆女神领我出去经历一切后，又让我心甘情愿回到她脚下的山头来！这里是落叶归根的地方，所以她让我的生命经历的苦，就是最苦；美，就是最美；艰辛，就是最艰辛；豪华，就是无与伦比的！

我的人生没有过中间状态，大起和大落都是这么极端。我的这副身材有本事睡在瑞士家里法国设计师设计的名牌大床上，也有本事睡在泸沽湖的格姆女神山脚下，铺上一床草席，一个毛毡也能安然入睡，一个梦都没有就天亮了。我每天两包烟，十三杯咖啡，在山头上完成我的理想！在山头上，我向上看着我们的女神，她静静地仁慈地注视着我，我往下看，是我们泸沽湖最纯净的湖水。

我看着我的工程，安静得一点声音都没有，没钱了，也没有一个工人，钱全被工程设计师骗走了。就在数月前，我还是个在巴黎穿着名牌服装，手里拿着香槟的女人。可是现在，我盖房子，穿着沾满油漆的运动服，脸被山上的太阳晒出黑斑，一头黑发也被油漆染得五颜六色。两个月下来，房子封顶。我在色彩和软装修方面是很有天分的，不管里面结构多么不尽人意，但总归可以入住生活。

我爬到山顶上，在阳光的照耀中，静静地看着半山腰上我的这件作品——一幢历史上最牛的豆腐渣工程的房子！同时，心里浮现出一股对女神更深的亲近，也是女神让我有机会经历这一切过程，这个过程就是去发掘自己内心的潜能。一个人在山头的这些时间，我的伙伴就是我的心。我开始更看清我的心，更了解我自己，更深地知道我是有更多开发能力的女人。从小信仰藏传佛教的背景让我知道，当认清生命中最根本的本心后，就会对身边一切无、失去、磨难产生感叹心和恐惧心。生命的本心和我自己这个身体到底能承受多少，经历多少，能走多远，突然间，我明白了。这些年我经历的过程，包括这个豆腐渣工程作品，其实，就是女神为我安排的一次修行。在这一次修行中，我更清楚自己是一个有佛缘的女人，是一个能独处的女人，是一个能上能下的女人，是一个离开豪宅后，可以给自己在山头上盖房子喝咖啡的女人。我在这么早就比身边的人更深切地明白，一个人来世和离世都是孤独的，但孤独是不可怕的！在孤独中只要你的心和灵魂、信念合一，你便会壮大自己，学用平常心去面对生活中所有的困苦磨难和一切荣华富贵。

两个月的山头生活是一个疗程，我学会了与自己的独处，是我的收获和成就。这份感觉让我的内心有一股幸福感，然后我离开山头回北京为我的头发做保养，吃着意大利沙拉、面条、牛排。临行前，我对着我们格姆女神山，叩了三个头。把房子交给我的小弟来管，管得怎么样不是我关心的。我的收获是在这一段时光里我所有修行过程中的对心的认知，这重要过一切。因为，我的生命中所有种下的因果都是因心而发的。在北京的家里，我悠然地从我的那张盛开着一朵莲花的大床上起来，悠然地敬佛拜佛后，一杯咖啡，一件玫红色的丝绸睡袍，静静地坐在书桌前写下这句"长得漂亮，不如活得漂亮"。

此时此刻，我在丽江古城的娜姆花房音乐酒吧二楼的书桌前，穿着一身阿拉伯男人穿的白色丝绸睡袍，捧着一杯香浓的咖啡，为你们——我亲爱的读者朋友们——经营着这个香艳的花房酒吧。我早上敬佛写字，下午设计花房的产品，晚上等你们来，大家一起喝上一杯，共结下人生美好的善良的缘分。这一生我要感恩佛祖，感恩我们摩梭人的格姆女神。在一次次你为我安排的修行中，在你的加持下，我用我生命的灵气，找到了我生命的究竟。我深知，从现在起，不管在地球的任何一个地方，我都能对自己的心、自己的行程、自己的方向保持悠然的态度！自己已经会负责自己这朵花儿的常开不败。

双手合十：为格姆女神祈福，
　　　　　为我的阿妈和家人祈福，
　　　　　为读者朋友们祈福，
　　　　　为世界和平祈福。

With love!

Namu

2013.6

女朋友问我：娜姆，一个女人长得漂亮真的重要吗？

我说：长得漂亮，不如活得漂亮！

女朋友问我：娜姆，你认为你是一个什么样的女人？

我说：我是一个五星级的吉普赛女人。

女朋友问我：娜姆，你怎么看你的人生？

我说：我过着非常值得的人生。

女朋友问我：如果有来世，你想做什么？

我说：还做女人，还想做一个活得漂亮的女人。

女朋友表面惊讶我的直率，在心里她当然很高兴，因为她得到了她想要的答案，汉族女孩都这样，自己心里的问题，总是喜欢绕个大圈子，来迟迟疑疑地问别人找答案。

咽下口里的红酒，女朋友又说："咱俩明年就快40岁了，说真的，再不去享受，再过10年，咱们就到绝经期了！"我问她："到了绝经期，还会有做女人的快乐吗？"她说："不知道。"我们便打电话到上海给一个比我们大一轮的女人来请教，打听来，现在国外有一种药，可以吃到50岁还不会绝经，掰着手指头算算，到50岁还有12年，总算松了一口气。

女朋友悠悠地来了一句，出名要早呵，要不就来不及了！我回答她，"性爱"要快找呵，要不就来不及了！女朋友很快喝完杯里最后一口酒，匆匆告辞，下楼！好

像幸福真的就在楼下等她一样!

关上门，放了一曲舒缓的音乐，脱下见客人的衣服，换上一件宽松的大白袍子。我将身体深深地陷在这张从拉萨拉来的古董大床上，给自己燃了一支烟，思绪又回到了刚才和女朋友的那番对话中，女朋友言语中那一股股焦急、躁乱、不安全、寻爱无处寻的气，和她那一身名牌的衣服、一张精致的面容，看起来怎么都有一种很不漂亮的感觉。她那无可奈何的一股气似乎还在我的屋子里回旋，顺着这股气，我想着自己的生活，自己身边女朋友的生活!

大家都知道年龄对一个女人意味着什么?爱情对一个女人的意味着什么?性爱对一个女人的健康又意味着什么?这是全天下无所谓什么人种，无所谓什么身份的女人都会焦急顾虑的事情，再美的衣服穿在一个焦躁不安的女人身上，都是无法淋漓尽致地显示衣服的美丽的!再成功、再智慧的女人，如果身边缺爱、缺性，生活一样是不圆满的，但人生什么时候又是圆满的呢?又怎么可能圆满?圆满又能有多满?到真圆满了又不好玩了。

就像一个女人，绞尽所有的脑汁，用尽全身的技能，终于拉着一个男人走进了婚姻的大门，这种婚一结就惨了。绞尽脑汁夺来的东西，当然要好好守住，但是守这样的婚姻真的很辛苦，原材料不够，还得整天看各种时尚杂志，找来"怎么防守自己婚姻"的文章做菜谱。天天活在不安中，最后还是离婚了。女人花了大把时间灌注在婚姻上，没有培养自己其他方面的技能和情趣，离开了婚姻，就像人身上没有骨头一样，从此一蹶不振！

活在我身边的这种人是很多的，但我身边的女朋友大部分都很时尚，都很能干，都会挣钱，为了事业上的野心，婚姻被时间耽误了，她们什么都有，就是没有婚姻。但她们之中的大部分，却把天下的这个"情"字玩得很透，她们尽情地工作，尽情地享受性爱的欢娱，她们不像过去的女人那样，只是一味地取悦男人，她们很知道怎样安全地取悦她们自己，她们交往过的男人都没有结果，但却都对她们心动过。她们的心里一直拥有太多的窗户，每一个窗户上都摆了一盆花儿，每一盆花儿都冲着她们微笑！微笑很美好，美好的东西可以回味，回味才是无穷的！

今天，我们选择了住在这一个个的大城市里，我们又都因为是住在太多物质的环境里，有了太多的需求，太多的索取，太多的欲望，在时间的长河中，迷失了太多时间，变成了大龄的单身女性！

这也许是天注定的。如果你前世修得好，不知哪一天，老天会给你一个你想要的圆满。只是，任何事情都不是绝对的，今天，你我都无可奈何地大龄了，无可奈何地单身了！那就接受现实，好好地过日子，努力干活，努力挣钱，努力行善，漂亮地活着。

每天都要珍惜生活，早早起床。不早起的女人，身材一定就不会好了，那你的人生也就不会活得漂亮了！我们现在的女人比以前的女人要漂亮得多，而且30至40岁才是女人真正绽放的年龄。但年龄其实只是一个数字，还是让我们忘记年龄。

我们已经忘记年龄，太阳又出来了，我们互相照耀着。坐在我的佛堂中间，我只想为"爱"念一个咒语：
我希望天下所有的女人得到自己的团圆！
我希望天下所有的女人得到自己的福报！
我希望天下所有的女人得到自己幸福的细胞！
我希望天下所有的女人都长得漂亮！
我希望天下所有的女人活得更漂亮！

With love!
Namu
2005.8.3

My girlfriend asked me, "Kamu, is it important if a girl is beautiful?"

I replied, "Being beautiful is not so important as leading a beautiful life."

She asked me again, "Kamu, what kind of woman do you think you are?"

I said, "I'm a 5-star gypsy woman."

"How do you see your life?" she continued.

"I have lived a very worthy life.", I responded.

My girlfriend enquired, "In the next life, what do you want to be?"

I said, "I still want to be a very beautiful woman."

From the look on her face I could tell she was very surprised by my frank answer, but I could tell that she was happy because she found the answer she was looking for. Han girls are all like that. They beat around the bush to find the answer they want.

I swallowed a mouthful of red wine as she said to me, "We're going to be 40 next year. To tell the truth, if we don't enjoy ourselves, in another ten years you and I will have reached menopause."

I asked her, "When you reach that stage, will you still have an orgasm when you make love?"

She answered, "I don't know."

Then we picked up the phone and called a girlfriend in Shanghai, who is older than us, and asked her about this. She said now in Europe there is a medicine and if you take it, even after 50, you won't experience menopause.

I counted on my fingers to 50, calculated that I still have 12 years to go, and gave a sigh of relief.

My girlfriend, as if talking to herself, said, "If you want to be famous, you have to do it early on in life. Otherwise it will be too late."

I answered, "Good sex. We have to find it fast, otherwise it will be too late."

She quickly drained the wine remaining in her glass and rushed off downstairs. Watching the way she ran downstairs it seemed as if luck was waiting for her at the bottom of the steps.

I closed the door, and put on a Buddha Bar CD, and changed the clothing I'd put on to meet my friend. I put on large white Arabic style robe, and I sank my body deep into the Tibetan opium bed. I lit a cigarette, and my thoughts returned to the conversation I'd just had with my girlfriend.

When people leave you an energy remains in the room, rising like the smoke from a piece of incense. This energy was one of nervousness, insecurity and desperateness for love that still hung over the house.

This kind of negative energy didn't fit her beautiful face and brand-name clothes. Inside she was not happy.

Surrounded by this energy, I started to think about my life and the lives of my girlfriends.

Everyone understands what age means to a woman, what love means to a woman, and what sex means to a woman. This is something that all women in the world, no matter what their religion, race, or status, will ponder deeply.

The most stylish apparel, if put on a woman who is not happy inside, will not look beautiful. No matter how successful or intelligent you are, if you lack love and sex, life will be incomplete. But, when is life really complete? And how can it ever be complete? And how complete can complete be? When your life is too complete, life will be meaningless.

Even a woman who uses all of her energy and intelligence to pull a man into the gates of matrimony will see her life end up as a tragedy. Things striven for must be taken care of, but keeping such a marriage alive is very difficult. Every day you have to search through women's magazines, racking your brain to find out how to save your marriage, living a life of insecurity. And in the end, you still end up getting divorced. This type of marriage is the most troublesome kind. A woman who devotes so much energy and time to water her the flower of marriage will not have time to develop her own talents. She will be like a body without bones, who can never stand up.

We are surrounded by people like this. But my girlfriends

are all quite different. They are all very cosmopolitan, capable and know how to make money. In order to realize their ambitions, they put off getting married. They have everything, but no marriage. But most of them have lived the real meaning of the word love to the utmost.

They worked extremely hard, and enjoyed a sex life that brought them happiness, and were not like women of the past, who used sex only to make the man happy. My friends really knew how to make themselves happy.

All the relationships they were involved in ended up without any result, but despite this each felt the ecstasy of being in love. Inside their hearts there are many windows, and in each window there is a flower smiling sweetly at them. A smile is a beautiful thing, and beautiful things can be savored for a long time.

Today, we have chosen to live in this big city. Because we live in a material environment, we have too many needs, too many demands, and too many dreams. In the long river of life, we wasted a lot of time, gradually becoming older single women. Perhaps this is destiny. If you did good things in your past life, who knows, maybe one day Buddha will reward you with what you want from life.

However, nothing in life is absolute. Today you and I are impatient women who are getting older, and who are impatiently still single. We have to face the facts. We have to live well, work hard, strive to earn money, make an effort to be kind to others, and lead a very beautiful life.

If you don't make such an effort, you won't rise from sleep early. Women who sleep late don't have nice bodies. In this way, your life will not be beautiful either. Women today are much more beautiful than women in past. Furthermore, 30 to 40 is the age when flowers really blossom, when women really blossom like a flower. Age is really nothing more than a number. Let's forget about age.

We have already forgotten about our age. The sun is rising again, and we stand face to face with it.

Sitting in front of my temple, I just want to read a scripture for love:

I hope that all women in the world will feel complete

I hope all women in the world will be blessed

I hope all women in the world will be infected with the germ of happiness

I hope all women in the world will be beautiful

I hope all women in the world will live beautiful lives

With love,

Kamu
August 3, 2005

Work

Remember, no man will like a very poor woman. If you're not economically independent, you won't be personally independent. A man's money can only be used as an enhancement. You have to build your own foundation.

编者的话

这是我和娜姆合作的第二本书，每当走进她那不大但是鲜艳盛开的家，我都会想起我第一次看见娜姆的样子。

一年前，我到娜姆家和她谈合作的事情，我在路上一直想，娜姆会是我想像中的样子吗，除去编辑这个职业的原因，我也读过娜姆很多的书，这个神秘的来自原始社会但又那么时尚的女人，在我心里就像一朵高大的盛开的向日葵。我敲开门，一个美丽的家，一个一身白色长袍的女人，漆黑的头发，素面朝天，我突然觉得好像走进另一个世界，这里似乎是你从未想过的生活。

娜姆是一个一刻都不能停下来的人，在做第一本书《7年之痒——中国红别了挪威蓝》的时候，我和设计师张清都深刻地体会到娜姆那飞快的节奏，我自己都难以想象，怎么能在那么短的时间里，完成一本书，而且还是那么漂亮的一本书，那段日子的焦急、忙碌和奔波，现在回忆起来，却觉得还是很有意义和值得。

有一天，我和娜姆聊天，我问她：你有害怕的东西吗？她想了很久，非常认真地告诉我：我什么都不怕，就怕给我们民族丢脸。我看着她的表情，和坚定的眼神，本以为会得到一个什么"怕黑怕孤独"的答案，心里真是有点意外，但是又觉得很感动，这个感觉我到现在一直记得，想起娜姆我总能想起她说这句话的样子。

我想很多人和以前的我一样，对娜姆有点误解，因为她奔放的性格和她们民族的走婚习俗，会让人觉得她对待爱情不会很认真。但是我后来才知道，她其实对爱很认真，和她的"挪威王子"分手已经3年，直到今天她还是难以释怀，我曾看见她静静地抚摸书中他们爱过的照片，眼里全是不舍和爱。但是她舍得让他走，舍得给他自由，没有一句抱怨和诋毁，让美好的回忆全都留下，其他的就随风去吧。

娜姆对于感情的事情很坦白，她敢把这一切告诉大家，她也不觉得被一个自己爱的人背叛这件事有多么可怕和可悲，更不是一件丢脸的事。因为她知道这个世界上太多的女人和她有着相同的遭遇，却未必敢说出来，只有自己把苦水咽到肚子里面去，或许还会做出一些伤害自己的事情。娜姆说出来，给女人们一个榜样，一个没有爱情的女人同样可以活得精彩，没有好男人怕什么，还有好朋友，好事业，好多人好多东西值得去爱。

不知道为什么，很多人都会问我：娜姆的文章不是自己写的吧，是找枪手吧。天下那么多的女作家，好像对她的文章是不是自己写的质疑特别多。作为娜姆两本书的责任编辑，对这两本书我可以负责任地说：是她自己写的，她不太会用电脑写作，都是一个字一个字在纸上写出来的。她的手稿很可爱，有时候因为有些字不会写或是思路太快手跟不上，纸上会出现很多小符号。我看到她的手稿，一下子就要晕过去，小圆圈、小三角、波浪线……可苦了打字员。

对于那些喜欢她或是不喜欢她的人，都不可否认，娜姆是一个很特别的女人，也许这也是她有争议的原因。我在给她编辑文章的时候，会觉得：哎呀，这个地方写得过了，可能要招人骂了。我拿起笔想给她改得圆滑一点，但又一想，算了，何必呢？给大家一个真实的娜姆，张扬一点怎么了，自恋一点怎么了，是真实的她就好，能看到她文字背后的真心就好。

这本书都是她的真心话，你如果长得很漂亮，你要加油，可不要变成一个花瓶，没有灵魂和内涵，漂亮得可就不生动了，你如果长得不漂亮，你也要加油，一个漂亮的人生可比一副漂亮的容颜要重要多了。

但愿这本书能像娜姆一样，不是那么完美的性格，但是很特别；不是那么漂亮的容貌，但是让人一见难忘。

责任编辑：王飞宁

娜姆语录

❝❞一个公寓房对女人来说，比一个男人重要！这个世界上什么好事都可以很美好地想，就是不要天天美好地想靠一个男人一生一世！

❝❞请记住，没有一个男人会喜欢一个太穷的女人！经济不独立，人格就不独立。

❝❞我的前一辈子一定是打猎的，通常在一个环境中，只要猎物出现，我眼睛毒得很，总是可以把他一枪打中。但我有一个很致命的问题就是枪法准，打得住，却永远抓不稳。我有本事让人家全心全意地宠我，也有本事把人家气得头也不回地走掉！

❝❞聪明的人，不用去想昨天的伤痛。明天还没有发生，珍惜今天出现在你身边的每一个男人，只要两情相悦，快快乐乐过着每一分钟，就算是你的福气了。

❝❞旅途中，人心情放松，人会漂亮，人漂亮，总是吸引人的。去音乐会、画展、博物馆这类地方的人无论思想上、物质上都会有一些水准。见到你来电、你很心仪的男生，机会就像秃顶头上一根毛，抓住了，你就抓住了，抓不住，你后悔莫及。

❝❞失恋了，就去盖房子。

❝❞证明自己的能力方式很多，但因为我出生的地方就是这样艰苦，条件就是这样有限，人家都说，儿不嫌母丑，而我无论在心灵上、情感上又是那么舍不得这块生我、养我的土地！在出生地为自己故乡建起这么一座房子是我对故土的一片孝心。

❝❞我人是不可能完全回故乡，但我却把我的这份对故乡的爱一半留在了故乡，一半装在了我这个吉普赛女人的心里。无论我游走在世界的哪一个角落，我心里永远装着的都是故乡。

◎◎我的这张嘴虽然不性感，但真的是吃过了世上的山珍海味，也吃过人间最多的辛苦；我的这双眼睛虽然不算漂亮，但到底让我阅过了人间各种美景和各种辛酸艰苦！

◎◎女人们总喜欢执着于一个记号，其实记号也都在我们的生活里。记号，就像在海滩上玩沙子一样，偶尔拿起来把玩一下，突然就滑没了，记号就没了，记号没了，伤口就看不见了。聪明的人不用太多地回忆过去，关注此时此刻的心才是我们爱自己、消除寂寞的办法。

◎◎我认为性感的女人就是这样的一种女人，她是自信的，因为她首先爱她自己，然后爱她的生活，爱她的五官，爱她生命的延续，珍惜并爱着她所拥有的一切。

◎◎杂志上说的，电视上看的，都是别人的风格，吸取别人的优点，再加上自己的聪明，创造出自己的一种品位。

◎◎一个美丽的女人没有好的礼仪，在路上行走，你不会觉得她美丽；而一个五官不美丽的女人，在路上很讲究美好的礼仪，她看起来就很迷人。

◎◎一个女人，无所谓什么身份的女人，只要她在全神贯注地看一本书、一本杂志、一张报纸，她身上的那股专注劲，总是非常能感动我。

◎◎一个美丽的女人是不可以找借口说自己没有时间洗头，或者没有时间修指甲，没有时间买香水的。

◎◎我喜欢的一种健身方法，慢慢地走，慢慢地看，慢慢地欣赏，也锻炼了，也把肥减了，东西也看了，也不那么累。

❧ 美容院是请美容师把你变得美丽、漂亮起来，而不是让美容师把你改变得不是你自己。

❧ 不用香水的女人是没有前途的女人。

❧ **香水的选择是很个人的，选香水也有一点像选老公。**

❧ 我们自己就是一个大海，干吗非要执着于一滴水？为一个男人、一段情、一个目的，自残、自毁、自悲，对我们女人都是很不划算的事。

❧ 我一直很喜欢台湾人把婚姻叫做牵手，牵手是一个多么有意境的美丽叫法，结婚后，两只手牵在一起，一起走过人生中的五颜六色。

❧ 今天，我们应该做得最时尚的一件事，就是去帮助身边的人。

❧ 当你把花送给别人的时候，把花香留在别人的心里的时候，你在别人的眼里，在自己的心里，都会感受到这是多么美好。

❧ 我生命里最不上当的一件事，就是让别人的流言来影响自己的生活目标和生活信念。我听别人说什么，自己就在心里做功课，是否说的有道理？有，改！没有，一听就过！

❧ 我经常喜欢走路，喜欢去有干净空气的地方；我爱吃，但不多吃；我爱喝，但不过量；我爱穿，但不让自己身体受累；我爱钱，但欲望不大。所以，我觉得我头脑清醒，身体轻松，物欲平衡！这样的心态，让生活没有阴影，心态健康了，身体也就健康了！

今天这个世界，钱已经不算难找，只要你勤奋工作。但要找一份好的性爱，算得上是你前世修来的福气，要学会保护好，千万不要因为虚荣心，去和自己心不甘情不愿的男人在一起。

単身必需品

necessary
of single

独立公寓 *apartment*

结束了我的《7年之痒》，我这个被北欧外交官男人千宠万宠宠得无法无天的宝贝女人，突然间就变成一个人，孤零零地被列入了北京城里大龄的单身贵族的名单里面。女人如果曾经有过太帅、太会煽情的男人，你是不可以很快进入另一段感情的，天天比，天天失望，日子多可怕！

收拾起自己的心情，收拾起自己的钱包！先得给自己找一个安身的地方，就是要给自己买一套公寓房！

一套公寓房对女人来说，比一个男人重要！这个世界上什么好事都可以很美好地想，就是不要天天美好地想靠一个男人一生一世！尤其像我这样打死学不会"忍"字的女人，就更不可能了！

大城市里，公寓房就是你的家，一个你心有所归的地方，一个属于你自己干干净净的世界，一个可以让你放喜欢的音乐、喜欢的电影，帮助你消灭孤独的地方！

和家人有交待，你有一个栖身之地，而且是买下来的；和朋友相处，你有一个可以设宴、喝茶、聊知心话的地方，和异性相处，我有公寓，我怕谁！在我的家里，你来走婚，长得再帅你也得听我的，侍侯不好，赶你走，你也奈何我不得。

公寓是自己的。就要按照自己的力量来买，有钱就买最好的，没钱就买毛坯的，只要地段安全，交通方便就好。里面布置完全可以自己慢慢来。门关了，窗帘关了，外面的河流、绿地你会看几次?省钱买一个好的音箱设备，对公寓房实在重要，漂亮的世界是在屋里面。没有音乐，屋子会死;没有音乐，你自己也没办法游动起来。游动的女人像一条鱼，一条鱼游动在音乐中，多么美好的一道风景。

"小鱼"给自己倒一杯红酒，穿上一件很性感的蕾丝吊带睡衣，一个人性感给自己看，感觉也会很良好，有了良好的心情，你就会把自己这副良好的身体照顾得很营养!女人，营养好了，就开始诱人了。

我的公寓不大，却很香艳，我在里面活得挺漂亮，希望你也如此，with love!

工作 work

请记住，没有一个男人会喜欢一个太穷的女人!经济不独立，人格就不独立。我一直没有办法有一份很合适的工作，所以，我也就没有一份固定的工作，我的"吉普赛式"的生活，倒也成全了我一直过着一份我想要的生活。

我满世界出书，我满世界讲演，我满世界抽着香烟写文章，满世界戴朵红花做主持!我大钱挣不来，小钱也不断!

我极喜欢漂亮东西，也极能喜新厌旧，漂亮东西实在诱人!钱没了，就赖着让朋友买，反正朋友是来"利用"的，尤其是女朋友，用多了，就会你依赖我，我依赖你，永远都分不开了，友谊也就越来越深了。

当然一份好的工作，会给我们一份好的心情，心情好了，工作成绩好，名气也就上来了，名气来了，机会就多了，机会多了，钱就来了，这是最美好的事情。

如果，不喜欢这份工作，还需要这份钱，一时间又没有其他跳板，就好好地呆在位置上，快乐地过完每一天，你的快乐是月底的那份工钱，你还要什么呀！板着脸，天天抱怨，招人恨你，就不合算了。在一个你不喜欢的工作中，每天呆8个钟点，也是一件很不容易的事，但你的回报是这份工作可以让你独立，可以让你供养你的公寓。天下美好的事情不会都集中在一个地方，工作中不快乐，但挣到了钱，到别的地方快乐，没有什么对不起人的。

一份稳定的财源对女人实在重要，经济不独立，连谈恋爱的身价都上不去，什么都等人家时时提供，时间长了，就会变得很被动。男人的钱只能用来锦上添花，根基还得自己打，根基打得扎不扎实自己心里有数。

现在的社会，自己肯吃苦，做几份工作都有机会。只有你想不到的，没有你做不到的，我相信这句话。我大钱没有，小钱常来，我的生活自给自足，我觉得我把我这份生活打理得还算漂亮，你认为呢？

女友(一) *girlfriend*

《欲望城市》这部戏，我看了无数遍，七八种国家的语言，只要酒店"HBO"里有播，我一定坐在那儿看，几个可以相知、相依、相诉的女朋友，对住在大城市里面的我们，尤其我这样的大龄单身女人，是多么的重要。

我对女朋友的友情重视度是多过对男人的。亲身经历的事实证明，男人翻脸的速度比翻书还快，我是怕了。我皮肤黑，只招西方人喜欢，西方人的爱情就像吃烧烤，配料拌好了，往肉上一抹，放在火力很好的烤架上，"劈里啪啦"一烤，立即香气四溢，气氛好得很。只是你只要把肉往凉处一放，不到5分钟，这块肉就可以有本事从外凉到里，你想都来不及想，香气就断绝了！无可奈何，一次次上贼船，又一次次滑了下来，滑下来了，没摔痛，就庆幸自己，摔痛了，也怨不得人，自己选择的路，自己走了，经历了过程，结果真的重要吗？

几个女朋友就太重要了，女人才最懂女人。女人嘛，小心眼的也是女人，掏心掏肺的也是女人，最不讲道理的也是女人。女人太聪明，知道一讲道理就不好玩了，女人只需要讲讲人情味，就可以很漂亮。

我的女朋友不多，但跟我都很铁，就像《欲望城市》里面有一集，4个女朋友围在餐桌前，说："如果真没有男人了，至少我们还可以互相依靠到一生一世。"场面真的很感人。

但你也要回到现实中，女人只有全单身了，才会说这样的话，4个女人中，只要一个找到喜欢的男人，见色忘友，女生绝不输给男生。理解这种情况，耐心地等待，想着，过不了几个月，她又会回归到队伍里来。这不是我不祝愿她，而是，我的朋友，我都太了解，我们都太活泼了，而我们的活泼就是我们的稳定，男人们不理解，男人们喜欢新鲜的东西，而男人们自己又太不新鲜，所以他们招架不住，那么他们上来一个败一个，女人就像一朵朵鲜翠欲滴的玫瑰，美丽但是带刺的，准确地说，我和我的女朋友都是并不需要嫁出去的人，因为我们都想成为偶像人士。

我爱我的女朋友们！我的生活就是因为这帮死党们而显得特别漂亮。

I love you all！

女友(二) *girlfriend*

2007年，我当了湖南卫视"快乐男生"的评委，那一年我算是火得冒烟了。那一阵子，我桌上的各类演出合同堆积如山。

我应邀去杭州做一个舞蹈比赛的评委，一起做评委的还有我的金兰姐妹金星。当年，她在北京开"半梦"酒吧，那时，我是一个沉浸在爱河里的小外交官夫人。我当时是很多女人羡慕的养尊处优的女人，她是每晚夜场的高级推手，我们并不在一个社交圈里玩，但这并不说明我们之间没有一种很深的相互欣赏、相互心疼和相互支持。

每次去她的"半梦"捧场，总是做足了功夫，就是为了成为当晚最引人注目的女人，像我这样花心思去捧场的女人，这个市面上算是难得。那一个又一个难忘的派对，只有金星做得出来，只有我带去的人懂得怎么样去捧她的场。因为，我们骨头里面的激情都是一样的，我们总是能把派对玩透玩翻玩到淋漓尽致。

在杭州我俩等待走红地毯时，媒体直接插在我俩中间，把我团团围住，金姐在旁悠然地看着乐着，一副好心态，搞得我内心挺不好意思的。我冲开媒体，紧紧地站在她的身边。媒体是利用我，金星是我的死党，女人永远要站在女人这边。手里的阳光要互相照耀。

一起在评委席上，因为赛制不公平，有内定的嫌疑。金大姐直接发飙，那个火大得呀！骂得那么狠，让我觉得似乎也是因为刚才媒体的冷落让她不爽。我一直站在她旁边，跟着她去了休息室，直到她骂完熄火，我知道她就是骂给媒体听的，但我也知道那时候媒体不会去关心她的正直、公平和勇敢。媒体都等在外面，只是为了拍我。因为那个时候我火，她不火。娱记谁火追谁！一旦没了新闻价值，我就得回丽江开个娜姆花房酒吧，等待着被从冰柜里拿出来解冻，重新使用。一旦又火了，娱记们又会像苍蝇一样盯着你。

我没管媒体的等待，紧跟在她身边，我心里清水般清楚娱记对我而言是昙花一现的。金星的人格、人品和智慧，是我一直欣赏和尊重的。

2012年初，我已经淡出媒体视线两年。上海的相聚，我深感到了人间风水轮流转的滋味，这时候金星火得冒烟了，而我，就算熟悉的媒体见了我都会把头偏到一边去，好像我彻底歇菜了一样。和她约在印度餐厅吃饭，她发了一条微博，一分钟有上百人给她留言；我发了一条，半个小时就7个人留言，然后就一动不动。我们快乐地喝着红酒吃着晚餐，我打趣说：哎呀，我现在人不火，市场真的淡啊！金星疼我就像当年我疼她一样，又是跟我互换手机壳，又是请我吃饭，又是送我她刚从美国带回来的帽子。最后，带我去种了一个假睫毛。她修完手，提前买单走了。我接好了假睫毛被叫醒过来，一看眼睛上面一排又硬又长的假睫毛，像芭比娃娃的睫毛粘在我的脸上，实在是很不习惯，取下来又怕伤了种睫毛小妹的心，因为那是金星常去的店，得罪不得。睫毛接得太长太假，墨镜都带不了，跟人说话，人家一盯着我的睫毛看，心就虚得很，直接就说：别看了，是假的，是金星带我去做的。昨晚，带着假睫毛无法趴着睡，就自己一边看书一边拔睫毛。今早一看，完蛋！自己的真睫毛也全给拔没了。冲进浴室，很舒服地上上下下痛快地搓了一把脸。

人的一生，际遇起起伏伏、大起大落，穷有穷的乐，富有富的苦。人生的路上，三十年河东，三十年河西。当女友比你成功的时候，要记住，我们要学会好好捧场，分享喜悦。当我们一落千丈的时候，要端正心态，不上无聊之人和唯恐天下不乱之人的当，因为，是王者，永远会归来！

朋友 *friends*

我答应了一位富婆客人的相邀，理由是想去看看印度服饰的感觉，看看可否在国内开家服装店。

因为不想与女性友人在异国他乡因金钱不开心，我N次在电话里告诉她，信用卡要开通国外能刷卡的功能，多带点美金，把想要买的东西大致理个清单，预算好会花多少钱，一定要多带点。对方一口一个好的，没事，都准备好了！

就这样，我这个一生背着背包旅游、流浪世界的女人，被她很热情地介绍加入了一个从昆明飞印度的旅行团。有老人、小孩、夫妻、朋友，满车的昆明话。早餐在酒店吃，有西点有咖啡，我就OK了。

为了顾全大局，我算是很有耐心地坚持着，并告诉自己，虽然玩不到一起，虽然无法吃小吃馆、泡咖啡厅、看艺术品或去小店淘货，但来了就要开心。因为，得让邀请我来的人开心。中国其他团队的人见我和一个昆明团队在一起也惊讶：她怎么和一大群老人、小孩一起玩印度？她英文这么好，怎么会跟团了？

终于，在最后的一天的行程里，我提醒了又提醒的事，如我所料地发生了。我在楼上选布料，导游过来对我说，杨老师，你的女朋友要买七八块名表，请你把你的信用卡借她用一下。也许是我几十年和西方人打交道的习惯，在金钱上面朋友之间也是分得很清楚的。朋友可以很真诚地去做，但金钱方面人们是有要求的！首先，不会乱开口向别人借钱，要借钱得坐下来，递上借条，写上还款日期，然后才会借钱。哈喽，娜姆，你的信用卡借我刷七八块名表回去送人，口气简单得就如娜姆把你包里的口红借我补一下嘴唇。抱歉，我的钱是已备好了自己要买东西用的。出门旅游，做好准备这件事是必须的！再说，你借信用卡刷七八块名表是去送人的，而不是因为你丢了钱包和买不起机票了。救急的事，我当然会做的！在出门旅行的时候最能看出一个人对金钱的态度！

我在1985年时就听过一个说法，不借人钱，也不向别人借钱。钱借出去，往往人财两空。你一旦钱多了，惦记你的人也就会多了，日子不清净，整天见人就想人家会不会向你借钱做生意。这样的日子很是可怕的！我一生不想去挣很多很多钱的理由就是，大钱是需要付出很多自己的原则、信仰、忠诚，甚至是人格去附和的，这我做不到。小钱，只要勤快、努力、坚持，钱就会袋袋平安。我和她到最后不欢而散。对钱的态度这么随便，是不可合伙做事的人！把我之前一个又一个的提醒不当回事，对我也是一份不礼貌。也许，在国内，人与人之间就是以这种方式交往，变成有情有义的标准，但结果却是一个又一个的是非。

人在每一个阶段都有不同的朋友。年轻时，好动，朋友都是好玩的人。成熟了，懂情了，朋友都是些好社交的人。现在，心静了，喜欢很干净的人，没有心情跟有是非的人交往！所以，有些人，并非心地不好，只是一些习性让你们各自的价值观接受不了，那是不必强求的！

交通 *transportation*

我最喜欢住在上海的原因是，上海出租车干净、便宜、服务质量好，每次下车时，出租司机那一句"东西带上"的提醒，对我这种一天到晚丢三落四的人，实在是救回了不少财物。

我住上海的日子是不会考虑买车的，所防的是万一下雨天，街面上打不到车，就要在本子上记下几个叫车服务的电话，和几个可以随叫随到的有车朋友的电话。住在城市中，有一辆自己的车，车里有自己喜欢的音乐，车里也可以按自己的心愿布置，这些当然很好。但我就没有这种福气了，我一年的时间几乎都在走动，没有一个城市我会停下多过3个月，这样算一笔账就不合算了。

车是消费品，不像我收集古董家具，可以升值。每月停车费、汽油费，出门找车位，万一不小心被碰了，或碰了别人，都很可怕，碰到不好说话的人士，两辆车停在马路中间，四目相对，气氛特别紧张，几年的驾车历史，我便不再热衷于驾车了。但一天的交通又对我们很重要，所以，我一早便搞清楚我住的地方，就是我工作的范围，我约人见面的地方，哪里有几间温馨的咖啡屋，哪里有几间好吃又不太昂贵的餐厅，哪里有超市，哪里有干洗店，哪里有送餐服务的，如果这一切都不是很需要车的话，那就不必花钱考虑私家车这件事了。

平常挑一辆干净的出租车，出席活动时再去星级酒店租一辆轿车，每次周末外出，当然得有护花使者，如果实在没有，就坐女朋友和友人的车，一个人住，冰箱上最好多贴几家租车公司的电话和价格，很有必要。

人生中，有一种自己有私车的经历，当然重要，起码也会满足你的虚荣心。但市区交通拥挤，对我这种急性子的人，省时间、省钱的办法，还是用出租车和公交车，有时坐公交车也可见到一些很感人的事物，看到美好的一面，心里会充满感激；看到不好的一面，你也可以有机会感谢一下自己的生活充满温暖。很多时候，走出车门，在拥挤的人群中，就算是吸一点人气，对自己也很有益处。

一个法国帅哥请我晚餐，对我说："你7点30分到餐厅。"我说："不，你7点15分到我家楼下接我。"女孩子是花，当然要被侍候。

好了，在一个城市里，先有了公寓，然后有了工作，还交了几位死党，交通也熟悉了，那你就可以把自己当本地人了，当了本地人，自然就会有一大批女朋友和男朋友了。今天，我身边的女朋友，几乎都是单身，但手机里，都有几个可以随时帮忙的男性朋友。这些女生忙呀，飞来飞去，没有时间停下来，新鲜刺激没有太多，但也落得干净、利落、安全，到底时间久了，有信任感，互相没有责任，没有拖累，没有义务，纯粹的两情相悦。

我没有办法像她们这样吃快餐，我的时间在我手上，我又是很痴情的女人，我习惯了慢慢吸引，慢慢进入，慢慢地享受淋漓尽致的情爱！这样的一种爱情生活是很美好，但代价就是，你得准备好了，在你生活中会有大段大段的时间，是要一个人睡觉的。

你选择了一种先痴情于他的男人，是很不容易的，我要的男生，都是我想追的，好不容易追到手的东西，当然是很珍贵很过瘾的。

在国内外的各种派对中，我是很张扬的派对动物，但派对完后，我说不定就是派对中惟一一个没有男人牵着手回家睡觉的人，派对中那一双双火辣辣的眼睛并不合我口胃。我喜欢的男人一定要崇拜我，所以，我选择男人的地方，通常在各种演讲中、音乐会中、时装发布会中、品酒餐会中，或者旅途路上。

我的前一辈子一定是打猎的，通常在一个环境中，只要猎物出现，我眼睛毒得很，总是可以把他击中。但我有一个很致命的问题就是枪法准，却永远抓不稳，我有本事让人家全心全意地宠我，也有本事把人家气得头也不回地走掉！

几次下来，自己也觉得目瞪口呆。后来想想，也许是命中注定，就是要一个人在路上，就是要当一辈子的打猎手。打遍大千世界的森林，在世界上的各种森林里面穿梭、获胜、庆祝，永远都活在恋爱中。今天的某些女人，不可能有六七十年代人的境界，尤其是在大城市里的某些女人，在没有找到最、最、最心仪的男人之前，身边的男人只是调味品，安全地两个人睡觉总是好过一个人孤单地入睡！

聪明的人，不用去想昨天的伤痛。明天还没有发生，珍惜今天出现在你身边的每一个男人。只要两情相悦，快快乐乐过着每一分钟，就算是你的福气了。我喜欢男人，但和男人交往，有两件事，我打死都不做，第一：决不抢别人爱着的男朋友；第二：决不跟有妇之夫有一丝一毫的瓜葛。

女人都要学会保护女人，你只要一对别的女人使坏，你的报应就会很快侵入你的身边，这颗苦果你早晚都会吃到，逃不了的。

在大都市里生活，人们都很清楚，你吃到这样的苦果，帮你的人都不会有，所以，咱们都要小心地、好好地、安全地生活着，慎始才会慎终的，对吗？

男人去哪里找 *where should we hunt guys*

这个题目刚刚写好，我便给我的好朋友室内设计师Larry苏打了一个电话，问他，好男人哪里去找？他想了一下，对我说："哎呀，现在好女人好找，好男人却不知去哪里找，这个我帮不到你。"听他一口香港普通话很是洋洋得意，我一想，哎哟，那你倒合算，你是男人，好女人好找，我们女生，好男人哪里去找呢？

网上说，三种职业最容易找到优秀的男人，一是空姐，二是记者，三是售楼小姐。

空姐在飞机上服务，可以近距离地接触客人，如果你看上你喜欢的男人，你便可以做秀做到绝顶，甜美的微笑，婷婷的身材，送茶水时，无意识地凑近一点，让他闻出来你身上的香水和体香，而你是一副不小心的样子，你便可以暗示出你的心意。这种风情，因为是在飞机上，无所谓你怎么表达，怎么体现你的温存，都是不卑不亢的，因为这是你的职业。第一次搭你的飞机，感觉很好。第二次选你的航班，又可碰见你，不太难找到你，就很容易促进感情了。

做空中飞人的男人，潜意识里和虚荣心里都有一种想和空姐谈一次恋爱的想法，"我的女友是空姐"，很多男人都觉得这是一件很骄傲的事。

我的一位意大利男性朋友，常常从意大利飞香港，坐了几年的头等航，功夫不负有心人，终于交上了一位眼睛很漂亮的马来西亚空姐。现在，听他讲这段经历，都可以听得出来他是把这次经历当成了他的本钱。

国内的空姐要比国外的空姐优秀正派得多。因为，到底我们是成长在社会主义新中国的女性，我们的服务水准，就是代表了我们国家形象！不像欧洲一些空姐，在飞机上工作，目的却不是太单纯。

记者嘛，无所谓什么身份的人，你记者证一带，都可以有光亮的借口打电话，采访人家，接触人家，采访的环境又可以随你挑选，你中意的人，可以挑在晚上，一个浪漫的餐厅，一个浪漫的酒吧。有一个浪漫的环境，有一个很智慧的你，让一个男人动心是很自然的事情。

售楼小姐个个口齿伶俐、机灵过人，自己喜欢的房子，心里有数了，再带着你觉得合你心意的男人，买房子，花时间比较长，谁也不会一来就订下，一来二往，他房子买好，你也可以准备住进去了，多好的事呀。

如果我们都不在这三个职业中，好男人又哪里去找呢？在网上找个人，这类事情很让人不放心，因为这种事潜伏着的危险性太重了。为一个男人牺牲自己是最不合算的事，我们女生打死都不能这么干，因为这种事你做出来，男方只会后悔内疚一阵，时间长了，也就淡了，伤心的却是家里的父母。

我一直看到的幸福伴侣，大部分都是朋友介绍的，知根知底，到底放心多了。但你身边熟人介绍，你就要多加小心了，熟人和你到底有多熟。有时只出于一阵的热情，帮你把对方说得那么精彩，因为其实她跟对方也只是萍水相逢的朋友。等你开始交往，才发现其实并非如此，他并没离婚或者并不是带着一颗真诚的心与你交往的，你如果没有陷进去还好，如果那一分钟，你已经不知不觉地陷进去了，那种感觉会让你觉得在一碗美美的冰糖雪梨汤里突然出现一只死蚊子一样，恶心和失望。

我在上海的咖啡馆碰到一个只有一面之交的女朋友，我们相识在我的一个加州死党家里的圣诞节晚宴上，晚餐时她的洋老公正好被派坐在我身边，我便用一种加州美国式的玩笑对他说："哎哟，今晚你坐在我这个单身女人的旁边，别对我照顾太好，要不然我会向你求婚的。"没想到一句玩笑话，人家却当成本钱，到处炫耀——"杨二车娜姆向我求婚"。

这类在中国呆太长时间的老外，又油滑又自以为是，我见得实在太多了。人家都说，夫妻两公婆，什么样的人就会碰见什么样的人，这位，我在咖啡厅偶尔碰到的女人，和她老公真的般配，激动地给我讲起他们的幸福生活。我表面很礼貌地听着她对我的显摆，心里想着，这个女人真白痴，我什么豪华奢侈的场面没见过，不过一份小中产生活跟我秀什么。

在这间很舒适的咖啡馆里，她说着今晚要见什么有钱的日本人，一副很想介绍给我，可又要同老公商量，犹豫不决的样子。我心里太知道，真正的好事这种女人是不可能随便介绍给身边女友的，因为，她的心眼里怎么可以忍受看见你比她好？我想逗她，顺着她的口气："好啊，他这么优秀你就介绍给我吧，咱们今晚就一块吃饭吧！"她当然没有想到我的直接，咽下口里咖啡，只能说："好吧，我一会儿打电话到你的房间。"分手后，我便告诉我的临时助手，我不喜欢这种女人，咱们来教训教训这个心里不诚实的女人吧。

我们在房间里享受着五星级酒店经理送的巧克力和各类水果，准备着晚上和另一位朋友去西餐厅吃晚饭的晚装。我们拿出来长裙，就拨一个电话问她安排好了吗？拿出来项链又拨个电话问她安排好了吗？衣服、项链、耳环、鞋子、香水、手提包、名片，我们在房间里的电话这面，享受着她那边一个个的借口。我和助手笑得都滚到地毯上去。我当然觉得这样做，很小女孩气，但对这种爱吹牛皮、小人得势的女人，这样对她，也是教训她。有了一份小康生活，却不好心好意地享受，每天要秀给别人看，表现的就是心里的不自信，累不累呀？

这一次的上海之行，我告诉我的助手，以后找对象，千万别指望一个靠老公吃饭的女人给你介绍男朋友，好的她绝不可能介绍给你。她哪里会愿望看到你比她活得漂亮。

我自己的经验，还是多走出去参加各种有意义的活动，包括各类社区、集体活动，公益活动都是好的人参加，这样的地方，结识的人都是有善良心的人。

再就是出去旅行。旅途中，人心情放松，人会漂亮，人漂亮，总是吸引人的。

去音乐会、画展、博物馆这类地方的人无论思想上、物质上都会有一些水准。见到你来电、很心仪的男生，机会就像秃顶头上一根毛，抓住了，你就抓住了；抓不住，你后悔莫及。

所以，就算是你主动开口，也不算是一件多么丢人的事，旁人的眼光你管不得，社交场所中，女生们常常喜欢互相较劲。不用上她们的当，你跟谁都不用较劲，美美地来，细细地看，有好的，该出手就出手！没有好男生，好好享受一下当时的气氛，也不要让自己的心情太糟糕。

现在，主动已经不只是男人的权力，现在的女人为了自己的幸福追求异性的勇气远远高过男人好几倍。今天人们的生活讲究圆润，好伴侣缺不得，要想收获幸福，得勤快，得常常出去走动，我祝你好运！

漂亮男人 *beautiful men*

我在北京、上海这两个大城市都交了不少死党，周末大家一块儿去玩，女生们见到漂亮男孩就会乱嚷着尖叫。

我因为有以前在美国旧金山7年的居住经验，体验过上万次见到漂亮男孩眼睛就发直的感受。结果，人家帅哥告诉你，哦，对不起，我是××(同性恋之意)，总得自己给自己找个台阶下吧，对着人家也很礼貌地一句"哦，真可惜"。旧金山是美国同性恋的集中地之一，我们不是同性恋的人，倒成为少数民族了。7年住下来，看了太多漂亮男人手里牵的都是另一个男人的手，再后来，见到漂亮男人就眼睛发直的热情就淡泊了。有时候，也可能冤枉了有的漂亮人儿，也许，人家又漂亮又是异性恋者。

挪威王子史丹梧是我男友中最温柔、最英俊、最宠我的一个漂亮男人，我们分手以后，他倒好了，很快有了新欢。我这个人就惨了，一天到晚拿他去跟别的男人比较，越比越心酸，越比越心灰。不记得有多少次晚宴，面对人家又是鲜花又是美酒的含情脉脉，总是等不到吃甜品的时间，就对人家兴趣全无了。

伤了人家的心，自己又后悔，又内疚。躺在床上，自己骂自己，这么年轻就找到这么漂亮的男人，爱得轰轰烈烈，现在，这后半辈子难道就要这么一直比较下去？

3年下来，总算因为时间的力量，我开始不再自己跟自己较劲了，在约会中也开始温柔，人心一松下来，看风景的眼光也不一样了。对面桌上这位男生的优点也开始慢慢领略，细细品味，不漂亮但很有味道的男人，其实，品味起来，是绝对不输给漂亮男人的！

还是收拾起好的心情，找一个真正可以让你从心底里开花的男人，年龄如果你不在乎了，只要他对你好，他怎么看都是漂亮的。我们今天的女人，不用男人养，与其花太多精力讨他开心，还不如把精力用在讨自己开心上！

自己漂亮了，才有可能去帮助别人漂亮。帮人很合算，因为来生你又可以过这种漂亮的人生。

社交(一) social intercourse

今天，我们想要活得漂亮，也不是一件容易的事，我们得跟上城市里各种时尚的潮流、消费的节奏。所有这一切，你都得很勤快地学习，这些学习的办法就是要去广泛地社交。

我一搬回来北京，就先和北京城的公关姐姐们成为熟人，成为朋友，并保证我在80%的上流派对中成为VIP邀请者。

这种社交，不用看得太重，不要有太多目的，但一定要很礼貌，尤其对主人家。人家邀请你了，你就得花心思打扮好自己，这样对自己对别人都很礼貌，也是在捧自己的场。轻松地介入，轻松地融入，轻松地学习，了解一些现在的潮流，谢谢人家花心思安排了一场派对。时间不用留得太长，整晚待在那里，遭人烦，但是签到就走，也太装孙子了。

现在，国内很热闹，国外人士、海归派一类国内新贵人士在社交场合都拼了命地抢风头，把从国外学回来的怎样抽雪茄、怎样喝洋酒、怎样用餐的样子卯足了劲地摆弄。整个场面都有种中国人有品位的样子，就是要学足外国人的那套生活方式。

我身边这种朋友太多，我常常笑他们"装孙子"。他们身边要是带着一个从未出过国门的，来自舞蹈学校、电影学院、外语学院花儿一般又入世很浅的女生，一个晚上，就看着他在她面前穷显牛皮，惹得人家花儿一样的女生对他又是紧张，又是崇拜，又是不知所措。通常这样的风景，我都会在那女生的耳边，对她说："别理他，想怎么吃，就怎么吃，别被他嘴上那支粗大的雪茄烟派头吓着！他是因为心虚，才会这样狐假虎威！"

这种场面我看多了，心里很难过，其实，这些所有的规矩是做给别人看的。当然有的规矩可以帮助我们，有的东西则是制约我们的手脚，抛掉那些装模作样的规矩，我们中国人应酬的规矩就是尊老爱幼，以礼待人，应酬中得有善心，有爱心。其他，少装，装时间太长，回到家全身酸疼，何必呢？漂亮地应酬，赢回来漂亮的回报。社交，就是交人，交心！规矩也只是因人而异的。

社交(二) *social intercourse*

随着年龄的增长，外出社交不像年轻时那样把大多精力都放在穿衣打扮上了。身材好，小号的超短迷你裙买回来不过瘾，还要拿去裁缝店请人剪去一截。十几年前住在美国加州，加州的天气很美好，总是阳光灿烂，一双美腿被晒成让外国人看了流口水的小麦色。我在加州最好、最贴心的大姐著名作家严歌苓经常请我去她家吃她煮的大螃蟹，她家那个做外交官、疼歌苓姐姐如女儿般的Larry姐夫，直在背后给我取名叫"Namu short"——娜姆式的短裙。那些年，年轻气盛，走到哪儿，人们记住的总是我的一双大美腿。就算在上海音乐学院大学几年，人们记得我的，也是民族班那个大长腿。名字太长，人家几年都没记住我的名字。

现在，各类风头出尽，也担心一双腿总是露在外面，会惹上风湿关节炎。衣柜里便开始出现了长裤，甚至皮裤。长裤出去社交，自然不大能惊艳。但是，你不惹人注目了，你便有机会去倾听、去学习，去真正地记住人。不像以前，出去社交，每晚回来，限量版名牌小手袋里装的名片一堆，一个人的样子都记不住。

一次，在青岛做完节目，去体验当地的夜生活。在一个外国人开的酒吧里，女友的一个事业有成的美国朋友和他的朋友一起聚会。女友算是低调的人，互相介绍完，他的朋友只是很客气，但当美国朋友说我的女友开了一家很有品位的家居店后，他的朋友便整晚都对她表示尊重、客气和礼貌，买酒、让座、开车门，表现了极好的绅士风度。

一个独立的女人在外社交，得到惊艳的目光和得到尊重的目光总是不一样的。惊艳的目光，男人对你起的是轻浮心；尊重的目光，男人对你起的是好奇心和攀谈心。因为好奇有了想与你交流的心，你的事业和爱情就会有机会了。起了轻浮心的男人会带你去酒吧，起了好奇心的男人会带你去牛排馆。我现在极喜欢吃牛排，你呢？美人们吃牛排还是泡吧？

关于性 *about sex*

人要想活得漂亮，美妙的性生活重要得像我们每天早晚都要擦在脸上的润肤霜。

润肤霜擦在脸上，皮肤滋润、清爽。一夜美妙的性爱会让女人的身体滋润、清爽，顺便有一点小妖精气息，看起来会格外养眼。明眼人看着这样女人走在路上，是可以感受这位幸运女人爽透骨头的夜晚。

性生活好的女人爱笑，性生活好的女人亲切，性生活好的女人不卑不亢，性生活好的女人大大方方，保持一天好心情，亲切地待人，亲切地微笑，亲切地温柔。性爱是纯粹的，享受是单纯的，做人是简单的，这样的性爱跟物质、年龄没关系，有的只是一份活得漂亮的性爱生活。

这段时间穿梭于北京、上海各类时尚派对中，我惊讶并很心疼地发现，有多少美丽的女人，事业有成，财富万贯，但因为长时间性生活的空虚，人刻薄得很。一个晚上的派对，她们分三部曲：

第一部，刚进来兴高采烈、风情万种、左右逢源，气势高焰地秀完一身名牌服饰。

第二部，就开始挑剔晚会中任何一个抢眼的女人，如果这时候一个女明星出场，那更是严重，几个女人叽叽喳喳，把这个女人的坏话说尽，好话只字不提，骂完这位女生，再要一杯香槟，改骂女人身边的男人。如果没办法骂这位男人太丑，就回来骂那位女人，凭什么她有这么一个好男人，凭什么这个男人会看上她！再不就是，这种男人白送我都不要。看着她们美丽的脸开始随着酒精的作用和愤怒的气势扭曲，她们身上的衣服不再漂亮，她们的人心开始恶毒，因为一个晚上都在情绪激动地说别人坏话，把自己搞得很忙碌，别的男生也不敢前来打搅，出来参加派对就是想认识男生的目的是她们自己给破坏的。

那么第三部，就是开始骂这个人家给你白吃白喝派对的安排。哼！这个派对没意思，一点儿也不好玩、没劲、傻得很，然后下楼、上车、走人，当车汇集在外滩路上的车流中时，为她，你会感受到一种深深的凄凉感。

这种人白天常挂在嘴边的一句话"人生在世，吃、穿二字"我是根本不同意的。人生在世，吃、穿、欲，一个不能少，吃好了、穿好了，没有性，憋长了，女人脾气烂，脸上乱长包，情绪不稳定，当然不可以活得漂亮。

一份好的性爱，当然是要有爱为基础，尤其我们女人，几乎都希望一份先有爱再有性的生活，这样女人才会很放心，很甜蜜，很不慌不忙地与自己的爱人达到淋漓尽致的感觉。

今天这个世界，钱已经不算难找，只要你勤奋工作。但要找一份好的性爱，算得上是你前世修来的，要学会保护好，千万不要因为虚荣心，去和自己心不甘情不愿的男人在一起。

相信我，嫁到钱、没有性的女人我身边不少。表面风光，但每一次的见面，你都会看见她的枯萎。嫁到钱，没有性，自己在外乱偷腥的女人我也见识过，把自己弄到掉价不说，被发现，一顿暴打，没有人会同情你。

白天应该说的话：

真感谢生活，让我认识你这么优秀的男人；你是一个很智慧的男人，我当然信任你；你有毅力，只要你坚持，我会在你身边的；你真是一个大方的男人；

我知道你尽力了，工作中不开心，回家还有我，不怕；

把我的爱带在你的身上；你是我一生梦想的男人。

夜晚应该说的话：

你真好闻、好香、好诱人；

和你接吻，我怎么都不够；

我太爱你了，抱着你我觉得好安全；

我所有的爱都是为了你。

失恋 *Breaking up*

失恋了，就去盖房子。

我失恋三年时间，盖了两处房子，捐助了一所学校，装修了一处新家，附带六本著作，三次国际大型演讲。

有付出，就一定有收获，虽然成绩今天都摆在面前，旁人的脸色也有五花八门，敬佩的，到了五体投地；羡慕的，四处吹冷风；嫉妒的，就恨不得我明天就撞车，看着这些人的面孔，我的心已经无所谓了，因为，我已经累得干枯了。我的钱包枯了，我的精力枯了，我的皮肤也枯了。

在四川、云南边界旁，泸沽湖的小落水村，家庭客栈的36个房间收拾得很干净。四处的绿树和湖边的甜风，还有你一辈子都无法想象的那块小山湾里面对湖水的那片宁静。

我全心全意想尽一份孝心给母亲，全心全意要在湖边建一座有厕所的房子迎接给了我7年幸福生活的人儿，只想用这儿的山水、树木、鱼儿、山鸡，来回谢他这7年来的照顾和关爱。也不知道前世做了什么不好的事，今生，老天爷选在一个我辛苦着盖完最后一块瓦片的日子里，让我知道了他的背叛，哭都哭不出来了，怎么办呢？

我掉头回家，再盖一个房子。心疼得快要抓狂的人，不让自己的尊严、骄傲、面子失掉，只有一个办法，就去到深山里的故乡，化悲痛为力量，一个人盖房子，分分秒秒都在往一个大黑洞里扔钱，天天往手里拿着的小本本上记着每一个部分超出的预算，都是拎着心在过日子的。

人在失恋的时候，总是很容易相信身边的朋友，因为觉得你都如此落难了，你身边的朋友怎么可能再给你落井下石？工程交给了一位朋友，因为见他在北京城做事也是很辛苦，想着，他可以在泸沽湖这么一块纯净的地方，为我盖一个博物馆，未来人人都来瞻仰，他可以很有名气，又可因为这个工程拿到他应得的报酬。工程款交给人家后，我便奔波于北京、泸沽湖两地写稿、拍广告、做节目。

有一次，在深圳拍完广告直飞昆明，身上一套运动装，书包里背着50万现金，在丽江机场搭了一辆出租车回家送材料款。从丽江到泸沽湖6个小时路程，沿途全是高山河流，那样的山路再加上是下午6点才出发，路上几乎就没有其他车辆，现在想起来让我后怕甚至冒冷汗的是，要是身边开车的人，知道旁边这个姑娘包里背着50万现金，万一起了歹念，把我扔到金沙江里，一根骨头都找不回来。一路上，拼命装足了学生游客样，故意几次停下来买水、买水果，最后又一副觉得太贵的样子不买了，才在深更半夜把钱拿到工程上。

过了一段日子我写完两本书回去一看工程，心都碎了，工程的质量一塌糊涂，施工乱七八糟，我信任的朋友在我妈妈的房子里又吃又喝，烟灰居然是用小面盆装，所有的材料几乎都是次品和便宜产品，看着我的妈妈还在为这样的人做饭、倒茶，我心里是很酸疼的。

家里所有的人却觉得我是疯了，做这么一个工程。那个以为是朋友的人，觉得我太傻瓜，不懂行，使劲地黑我的钱。那段日子我的身体里所有的血，都变成了苦汁、苦液，家人的不理解，爱人的背叛，工程上的交友不慎！我都以沉默为金度过，一天又一天，我一天三包烟，星星、月亮、音乐，一切浪漫的东西我都不敢看不敢听。中国新年来了，工程的人拿着工程的钱都跑了，并留下了16万元的工程款要我还，虽然不是我签的字，但家乡人的钱我就是卖血也不欠的！

大年三十我住在昆明的官房酒店吃了一碗面，我昆明的好朋友高小彪先生在家吃完年夜饭便赶到酒店陪我看完春节晚会的节目，并帮助我筹足了16万现金。第二天也就是大年初一，我便搭飞机，再租车回到泸沽湖，在湖边，在我给我挪威王子搭的码头上，一五一十地将16万现金发到每一个人手里，第二天，我便又搭车返回北京写我的书稿。

我的好朋友法国来的发型设计师爱立克是一个少有的对中国很有感情、很善良、很有人情味的人，我对他说，我喜欢漂亮，但我没钱了。他说，来吧，没有关系。我便免费到了他在北京三里屯的爱立克发廊洗头、修手、修甲，把我从泸沽湖带回来的泥巴彻底清除。在北京城，这间最干净、最富有法国浪漫情调的发廊里，我享受爱立克为客人们备好的咖啡和茶水，感谢着可以和这样的好人为友。

那一段日子，我的日子过得很滑稽，我每一次从泸沽湖风尘仆仆回到北京，就直接去到"爱立克"洗头、修手、脱毛，全干净了，回家洗个澡，喷上最好的香水，穿上漂亮的晚装，三脚并两步去到京城里的每一个时尚派对里。我的心太累了，我只想去到派对的人群里，喝香槟、抽雪茄、跳跳舞。最大的爱好，其实就是看人穿得很美丽地快乐着。

我从来不让自己喝太多，喝得差不多了，便一个人回家，躺在自己花儿一样的大床上，心里苦笑。在时尚派对里，女生对我与男生谈笑风生所表现出来的敌视，实在是不必要，当你拥有过一个很宠爱你的男人之后，别的男人，你最多也只是3分钟热情，4分钟客气，5分钟再见！

今天，博物馆的工程，在上海证大集团戴志康先生的慷慨赞助下，完成了外围的铺垫修补工程，内装修又拜托了上海吉祥馄饨的总经理翁联辉先生的慷慨赞助和真心鼓励。

博物馆里其中两间是用来提供给国内外艺术家免费入住的，他们可以住一到三个月，在泸沽湖边风水最好的地方沉静、思考、创作，走时，为博物馆留下一幅作品就行。另外三间为各有特色的香艳花房，住宿一晚为100美金，供早餐，费用用来支付博物馆的管理和修补费。

地址：云南丽江泸沽湖小落水村

电话：0888-5881968 13578368212

网址：www.namupalace.com

第一次捧场的居然是几位女生，见她们住得那么舒服、开心，虽然觉得贵了一点，但睡到了博物馆里的处女床，她们很高兴。早上在博物馆阳台上喝咖啡，喝酥油茶，吃摩梭粑粑，呼吸着泸沽湖的空气，泸沽湖最美的风景在博物馆阳台上一收眼底。见她们很满足地上路了，我心里充满了对她们的祝福。博物馆客厅里的家具是从拉萨拉到北京，再从北京拉回泸沽湖，非常美丽，也算是我的用心良苦。

过去的一两年里，我的身心经历了无法用语言来表达的艰辛，但我都熬过来了，这种经历不是人人可以承受的，不是人人都可以这么漂亮地接受的。要知道在7年的时间里，我一直是被我的王子像公主一样宠着爱着，一下子就回到山上，回到十天半月都没时间洗一次澡的地方，脸上皮肤被烈日晒干了，嘴唇完全干裂，这种巨大反差的生活不是所有具有平常生命力和物质观的女生能承受得起的。我虽然都过来了，我也体验了，遭遇困难也造就了我的顽强品质，但我还是想劝女生们一句"千万不要像杨二车娜姆一样，实在太苦了"。

证明自己的能力方式很多，但因为我出生的地方就是这样艰苦，条件就是这样有限，人家都说，儿不嫌母丑，而我无论在心灵上、情感上都是那么舍不得这块生我、养我的土地！在出生地为自己故乡建起这么一座房子是我对故土的一片孝心。人都说衣锦不还乡，等于走夜路！我人是不可能完全回故乡，但我却把我的这份对故乡的爱一半留在了故乡，一半装在了我这个吉普赛女人的心里，无论我游走在世界的哪一个角落，我心里永远装着的都是故乡。

我吃了不少苦，受了不少委屈，但也看到了成绩。现在我去希腊一个非常有名的小岛上度假、睡觉、吃肉，日子要懂得综合着过，才会漂亮。你说呢？

我眼中的娜姆

偏远的云南边陲，有一个美丽的泸沽湖，湖边繁衍生息着一个神秘的民族——摩梭族。这里保存着母系社会的形态，被称为"人类早期社会形态的活化石"，这里是当今世界唯一的母系王国。

娜姆，一个穿梭于东西方文化的时尚女孩，个性的脸蛋，垂直的长发，说话语速快，夹杂着一些夸张的动作。在有些人的眼中，她就是一个极度疯狂的女人，随着她的足迹，摩梭人受到了世界人民的关注。

她非常的自信，经常这样说："我不喜欢围着钱转，喜欢钱围着我转。"她完全放弃在国外无忧无虑的生活，奔波于东西半球。她肩负着"摩梭文化大使"的使命。随着游客的增多，更多的人都想来了解摩梭文化。她又在家乡盖起了一幢能够传达摩梭文化的我们号称博物馆的山庄。

她每次回来，都会去看望那些长辈们，给他们讲外面的世界，看到那些孩子们就想起她自己的童年，就想到没有知识是走不出去的，为了不让家乡的孩子们也有和自己一样遗憾的童年，她拿出钱来资助学校。

她走到哪里总是把她的观点说到哪里，她有自己的独特见解。

突然有一天，我接到了一个美国的长途电话，听到一句"舅舅，我要来香格里拉看您"，当时我以为只是一句玩笑，可是3天后的早上，一个疯疯的女孩儿冲到了我面前，深深的一个拥抱，定睛一看，就是娜姆。

本来说好早餐后我要带她到处走走，可是没有了她的踪影。三四个小时后，她回到了酒店，竟然用一口流利的当地藏语和我对话，我很是惊讶。问她从哪里学来，她告诉我早餐后，她失踪的原由是：她想看看香格里拉的面貌，就一直走到离城4公里的村子边上，突然有一辆手扶拖拉机停在了她的旁边，指着她的包包，把她载到了他们的村里，在村里跟他们学习藏语，在他家吃完饭后，她又被"手扶"送回城里。

我很惊奇地打量了一下她今天的装束，她穿了一条军绿色的裤子，一双红色绣花鞋，身上背了一个很夸张的写着"为人民服务"的大包，我很担心她今天的装束有没有吓到那些村民。

小谈之后，我带她到古城转转，她突然做了一个决定，她要给古城学校一笔钱，她回去三天后委托我把这笔钱转给学校。为此校领导为了感谢她，请她当"名誉校长"。之后她又发动了一些知名人士来关爱香格里拉的儿童。

摩梭文化今天被广泛传播，有她一份功劳，在我的眼中她就是这么一个充满爱心，不被别人左右，这么独立的女孩儿。

香格里拉永生饭店董事长　永生

寂寞 *loneliness*

生活在一个大都市里，我们这个年龄段的女人实在经历了太多的人生百味。我曾说过，我的这张嘴虽然不性感，但真的是吃过了世上的山珍海味，也吃过人间最多的辛苦；我的这双眼睛虽然不算漂亮，但到底让我阅过了人间各种美景和各种辛酸艰苦！

经历多的女人，内心的感情世界很丰富，很敏感，也很容易感动。每一个感情世界丰富的女人表达自己感情时，方式都是很不同的。和别人不同了，你的内心世界有时候就会觉得寂寞。

住在一个车来车往的大城市里，内心一旦寂寞，就会像心里长了杂草一样难受，坐卧不安！就像今天早上的我一样，7：30起床，像往常一样，洗过手敬完香煮好咖啡，坐在书桌前，却一个字都写不出来。书桌前放着昨天他寄来的生日卡和礼物，已经分手3年了，也就是我们一共认识了10年的日子，他一直固执地送给我祝福。

3年前，收到礼物的当天，我给在欧洲的他打电话说"谢谢"，也就是在那一刻他在情感上正做着伤害我的事情。今天的这张卡片上，加上了他的新的女人的名字。他们两个人一块儿来祝福我，我真的不知道是应该打他们俩一个巴掌，还是左右亲吻他们俩。卡片上的字是真诚的，我感动了，寂寞也上来了。

打了车去王府井大街，走了一家又一家婚纱店试婚纱。我在美国做过一次婚纱模特儿，这是我第二次披婚纱。在一堆洁白的婚纱中，我的心情开始快乐，婚纱店的姑娘们很喜欢看我穿婚妙的样子，我们一块儿吃了汉堡，穿婚纱，开玩笑，心情好了，我多谢了人家。

走在回家的路上，我问自己："娜姆，你快乐吗？"我的心回答："是的。"那就OK了。

寂寞重压下的日子是惨淡的，但我心里的很多东西可以拿到光天化日之下，尽显它的本事，可以经得起考验，可以证实自己的内心快乐，自己的人生才有可能一次次得到新生。

虽然，我们都活在不同的天地，虽然我仍是单身一人，但是想着所有和我在一起，曾经对我如此心动过的男人，都洒散在我生活的某个角落，就等着我这一根线把他们串起来。从他们身上我要一点就够了，然后看着他们也都还在很好地活着，我的心里就深感欣慰。就像看到自己院里种的花儿开放一样，你只需站在阳台上，偶尔看看它们在院子里好好地活着，你就什么都不用说了！

女人们总喜欢执著于一个"记号"，其实记号也都在我们的生活里。记号，就像在海滩上玩沙子一样，偶尔拿起来把玩一下，突然就滑没了，记号就没了，记号没了，伤口就看不见了，聪明的人不用回忆太多过去，关注此时此刻的心才是我们爱自己、消除寂寞的办法。

现在，我坐回书桌前，写这个小文章送你，我的心是快乐的。厨房里已飘出来小鸡炖当归的香味！写完这个字，我喝完汤，就去爱立克美容院修指甲去啦！

幸福 *happiness*

不和他人比幸福。因为每个人的幸福感是不一样的。

有人有钱，天天数钱就幸福。我认识一个美国旧金山开中餐馆的老板，他的夫人，几十年来，最幸福的事，就是保护她老公的钱。她每天最重要的事就是数她老公赚回来的钱。她不爱花钱，不爱打扮，也不爱外出，她每天都会听着京剧数她老公的钱，数来数去，来来回回地数，一叠叠地左摆摆，右摆摆，左看看，右看看，看得满心欢喜，然后掀开床板，又一叠叠地放回原处去。她躺在床底有很多美金的床上面，感觉自己就是一个幸福的女人。老公给她的钱，就像老公给她的疼爱。她很少外出，每天除了数钱就是给老公煲汤。她的生活重心是在她老公身上的。老公心疼一个深爱自己又对自己忠诚的老婆，自己每天的行程也是从家到餐馆再回家。常常会有年轻的服务生挑逗他，他也无动于衷。洗碗的少妇们暗示他，他也从不给机会。他们俩的世界是如此的单纯、单调。他爱她，是爱她的执着、忠诚；她爱他的钱，是因为心疼他的付出。这份爱很幸福，也很奇特。这份爱外人不明白，也说这个女人傻，有钱不花，躺在上面，真变态。但这份爱我们也模仿不起，因为，世上很少有这么安静、定力这么强、经得起诱惑的女人。所以，他们的幸福我们懂不起，也不明白，但这就是人家的幸福。你不用和她比，因为这是属于她的幸福。

你呢？你的幸福也许是锅里炒着菜，等着老公回来一起享用；你的幸福也许是床上翻云覆雨的享受，性爱快欲，就算对方在别人眼里是那么普通，但是你和他对眼；或是你工作时骄傲的成绩单，会让你得到被认可的快乐，这就是你的幸福；你带孩子长大的喜悦和美满，也是你的一种幸福。

每个女人的幸福不可能是一样的，所以，别人的幸福不要去比，比不起，也比不得。因为，每个人内心的幸福感是无法复制的。像我，志气高昂得很，花不来男人的钱，自己挣钱常常是挣三块花五块。不停奔波在去挣钱的路上，在这条路上我展现了我的天份、知识和才情，这份美好的体会，让我有幸福感。别人经常会用同情的目光看我，这么大了，还一个人这样奔波，多辛苦，多可怜。我只是笑笑，我内心的幸福感只有我自己知道！幸福感对我而言犹如四季，不同时期，我要不同的幸福感。所以，我说，我要做一个圆润的女人，一个圆润的女人的幸福是不会有干涸期的！追求做一个圆润的女人，就是我的幸福感！

旅游 *travel*

我每一年都给自己安排3次以上的假期，没有男友相伴的时候，我就跟女伴一块儿去玩，我还是和西方女孩比较能玩到一块儿，西方人的习惯还是很合我的心意的。

大家三五个女生相邀一块儿，决定好了去旅行，为了不要在去的路途中发生不愉快，影响心情，浪费时间，我试过几次这样的办法还真是蛮管用的。方法就是，决定了去的地方、时间、住宿、交通之后，大概算出来费用，如果是10天旅程，你就多算两天的，公摊的费用多出来一些，只是以防万一。女孩子一出门，购物的情绪通常都很高昂，所以，安全的策略，就是多放一点钱在共同基金里，大家心情都会踏实得多。在一块儿出发的女生中，找一个很细心、很会安排、很会管钱的女伴保管现金，出的份都是平均的，旅途的路上，吃多吃少，喝多喝少都是付的共同基金。吃得多的，就恭喜你好胃口；喝得少的，也怨不得了。旅途的路上，计较得多，也就不好玩了。

跟女友出游，和跟男友、爱人出游，内容很不一样。几个单身女人出游无所谓往哪儿一坐，都是一道风景。女人出游时，心情都会放松，心松的时候大都可以讲很多话。这也是一种互相讨教的好时机。

在国外旅游，我们是代表中国人，所以，我们一定要注意言行、举止、礼貌，就算有艳遇也不可以表现得太过匆忙。外国人喜欢的就是中国女人的内在美，几个女孩子出游，得有一个做主安排的人，风土人情、食品美景，都尽量包括。女人，一天到晚只是购物，一有空就开始打肚子仗，回到家里互相挤压、抵毁，不合算。旅游的时候大度的人，都会玩得尽兴。

美丽的风景出自人的眼里，风景、人情、文化都需要你有一颗善良开阔的心去品味，会品的人，当然就能遇见更美的风景。

好性格成全好人生

　　立秋的那天，正遇北京20年不遇的桑拿天，全市人民齐动员，大搞一场轰轰烈烈的节电运动。办公室里26℃，怀孕8个月的我全身冒着酸酸的汗气，接到那个坚决申请成我孩子干妈的那个摩梭女子的电话，电话里的她像以往一样不容分说地将她新书的一段朗读给我，最后又不容分辩地布置了一篇后记作为我的家庭作业，以杨二车娜姆老师的口气！

　　此刻，我怀揣未出生的"包包"（儿子的小名），静坐灯下乖乖地写作业：所有笔下的回顾都在提醒我，这个女子的性格才是她美丽多彩人生的护身符呀！

　　其实，娜姆的性格就像是一棵大脸盘的向日葵，这是我在认识她之前的云南之行中，就在那个叫泸沽湖的地方真正认识的一种花。山坡上漫山遍野的，旺盛，充满生命力，有些不拘一格，也是乐呵呵地向着阳光，还只向阳光，固执得不可理喻！

　　见到娜姆，特别是听她讲述一个个她追着太阳时遭遇的风雨，还死磕太阳的一个个爱情非爱情的故事时，我想说："娜姆，我不担心你会被谁折断，也不担心你此时的眼泪，一觉醒来后，你还是那棵傻呵呵、美滋滋、不低头的向日葵呢。"

　　每次她穿得美美的在party上仰着大圆脸招摇时，我知道她是那朵臭美的向日葵；看到她手脚冰凉地在寒夜里奋笔疾书时，我知道她是那朵坚持的向日葵；再见她蓬头垢面地在工地上与建博物馆的工头讨价还价时，我知道她是那朵固执的向日葵。

　　有时候，一桌子女朋友，万紫千红地聚在一起，却只有那朵向日葵最张扬、最热情，每每以女主人姿态四处散着热情洋溢，居然有一次拉着真正主人的手认真地带领她参观介绍宴会布置。在北京东方君悦的大堂里，日日高朋满座，穿梭着各类的女子，在我看来她们人人都是一道特别的风景，但是很多华丽的衣饰和精美的妆容下面往往是一颗不快乐不满足的心，焦虑而烦躁，直扑人前。每每此时我都会暗暗感叹，平衡和睦的心境才是美丽女人的珠宝，而修炼一个乐观善良

的好性情才是真正拥有了一把宝藏库的钥匙。每天，当我站在阔大的酒店大堂，微笑着注视着那些美丽的女子们婷婷于莲池旁袅袅的身影，知道那些阳光满心、善良宽厚的女子才是这里最明亮的风景。

如今，人造美女多了，化妆品更有力地支持着女人们的漂亮脸蛋，时尚杂志不遗余力又推心置腹地忠告你怎样才可以更美丽，而真正魅力的女子是要修炼内心的，以经历的苦难、得到的帮助和自己的彻悟与知识的积累去活得精彩淋漓又予他人快乐力量，最终拥有一颗向日葵般真性情又乐观的心。

再过几天是娜姆的生日了，向花店订花时问："有向日葵吗？"知道她会喜欢的，因为她心灵的花园里遍地盛开的就是这种乐呵呵、金灿灿的圆脸向日葵！

几个星期后，我的"包包"就会来到世间，我知道除了奶粉和小床以外，我能给他的人生礼物就是一个坚强、善良、豁达的乐观性格，这会是他拥有好人生的守护神！

北京东方君悦大酒店　公关经理　王樯

娜姆语录

你是你自己的王后，才可能吸引国王。

女人每一次失恋，都要懂得这是在收集人生的经历，有了经历，长了记性，下次的恋爱才会更精彩。

痛苦、受伤害、被欺骗、被人骂，是女人总归都会有点这方面的经历。对于这些不好的经历，一些智慧的女人有本事让风把头发往后一吹，就把阴气给吹走了，不留一丝阴影。但大多数女人未必做得到，所以忘不了就要学会去放下，因为生命必须继续，你也必须绽放。

时尚是一种生活态度，态度会变成一种风格。

固执地坚持错误的决定，会毁了女人的一生。所以，不断学习，旅游，长见识，长视野，才会有机会更确定自己的选择，人生才不会有遗憾。

热爱交际也是热爱生活的一种表现。只是，接触的人多了，并非个个是你的知己。所以在每一个阶段要学会像清理自己的衣柜一样，清出去不必的衣服，清理出去不靠谱的朋友。

因为寂寞去爱一个男人，会让男人有钻各种空子的机会！女人的爱情不能凑合。

常常告诉自己的心，我确实是用功了，努力了，做不到，得不到，也许是缘分未到。我要继续加油微笑示人，多结善缘，慢慢地气场会转，你便会如愿。

一厢情愿，是自找苦吃。

方向重要过你现在的位置。

走在弯路时也不忘享受风景的女人，是善待自己的女人。

过程对我而言充满挑战，充满刺激，充满回味，充满新奇，充满经历。

去年生日，一位精品鞋设计师为我做了45双美鞋，来采访的电视台美女见到这45双鞋，眼泪哗地流了满脸，她边哭边说这些鞋你又要穿着它走多少路呀。今年什么都做减法，东西不用的，真的清理送亲人了，一百双鞋留下几双，物欲急剧下降，是否表示我该回到我有木地板的房间里，穿袍子光着脚，好好写字念佛。

在楼下喝咖啡整理歌谱，邻座三个美人，两个钟头的时间，不停地讲着不喜欢这个冰冰，那个冰冰，好话一字不提，坏话说尽，感觉她们满嘴唇都是毒汁，一点都不美了。不明白为何有的女生起大早，收拾打扮后，聚在一起花钱花时间说一个跟你生活不在一个天地圈，也跟你毫无关系的女人的坏话，不积口德的女人福报少。

人的一生，信仰，家人，责任，爱情，朋友，事业，健康，内心真正的快乐，这一切组成了我们生命的丰富和成就感。信仰是第一位的，一个人有信仰便会有底线，便会对因果报应起警惕心。以前，我会把信仰排在家人和事业的后面；阅历多了，深知一个人若没有信仰，后面的一切都不会做得稳妥和美好！

我抽烟，我喝酒，我还好点色，那我算是活得很滋润吗？难怪有的女人对我很不爽！所以，我最爱的女人是抽点小烟，喝点小酒，馋点小色，独立自主的好女人！

我希望一个人，有张大书桌，有个大咖啡机，房间暖和，有很多花，一张大床，几件华服，几双高跟鞋。写作才是我最想干的事，写作是我一个人的世界，一个谁都不能打搅的世界，灵感一被打搅就再回不来了！

品位是随着我们每个人的阅历，一天天积累，一天天吸收，最后把它变成属于自己的一种风格。杂志上说的，电视上看的，都是别人的风格，我们要吸取别人的优点，再加上自己的聪明，创造出一种自己的品位来。

玛达米，

摩梭女神请你保佑啊

玛达米，

摩梭女神保佑泸沽湖

玛达米，

天上的神啊

保佑摩梭人啊

水里的神啊

保佑摩梭人啊

保佑牛羊啊

保佑庄稼啊

保佑家园啊

吉祥摩梭啊

保佑摩梭人

失恋了，就去盖房子。

……我出生的地方就是这样艰苦，条件就是这样有限，人家都说，我无论在心灵上、情感上都是那么舍不得这块生我、养我的土地！

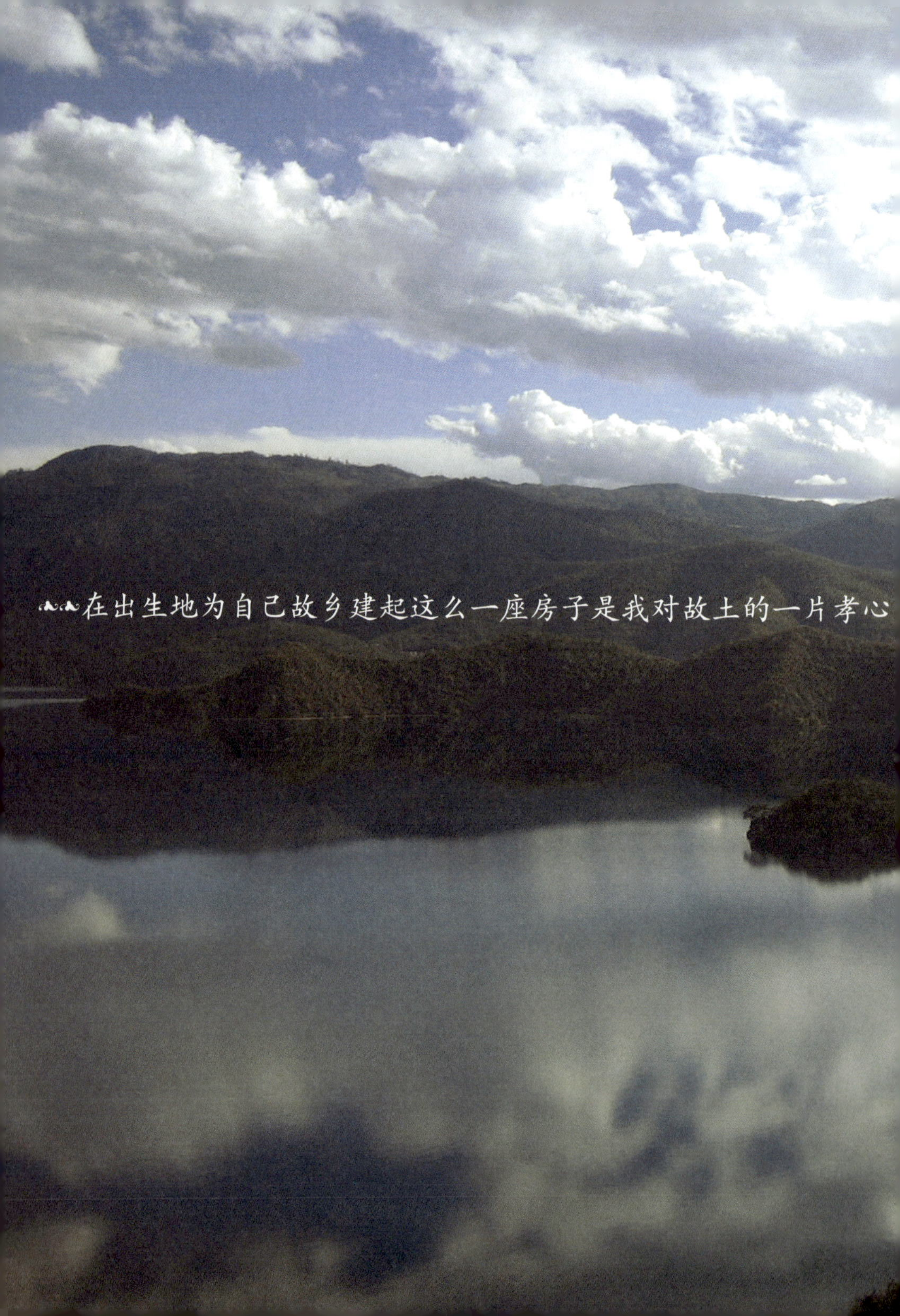
在出生地为自己故乡建起这么一座房子是我对故土的一片孝心

不可能完全回故乡，但我却把我的这份对故乡的爱一半留在了故乡，

……一半装在了我这个吉普赛女人的心里，无论我游走在世界的任

，我心里永远装着的都是故乡。

长得漂亮
不如活得漂亮

一个公寓房对女人来说，比一个男人重要！这个世界上什么好事都

地想，就是不要天天美好地想去靠一个男人一生一世！～～请记住

没有一个男人会喜欢一个太穷的女人！经济不独立，人格就不独

前一辈子一定是打猎的，通常在一个环境中，只要"猎物"出现，

我眼睛毒得很，总是可以把他一枪打中，但我有一个很致命的问题

准，却永远抓不稳，我有本事让人家全心全意地宠我，也有本事把

人家气得头也不回地走掉 ┄┄聪明的人，不用去想昨天的伤痛。日

发生，珍惜今天，出现在你身边的每一个男人，只要两情相悦，

长得漂亮
不如活得漂亮

快快乐乐过着每一分钟，就算是你的福气了。⋯⋯旅途中，人心情⋯

122

漂亮，人漂亮，总是吸引人的。去音乐会、画展、博物馆这类地

的人无论思想上、物质上都会有一些水准。见到你太电，你很心仪的……就像秃顶头上一根毛，抓住了、你就抓住了，抓不住，你后悔莫及。

Girlfriends

We're all too lively, but this liveliness is our stability. Men don't understand this. Men like fresh things, but men themselves are never fresh. That's why they can't handle us. So while they win one battle, they lose another. Women are like a very tender and fresh rose very beautiful, but they have thorns.

女人必需品
necessary of female

性感 *sexy*

美国时尚作家海伦，在一本书里说：什么样的女人才是性感的女人？很简单，性感的女人就是能够享受性爱的女人。性感，意味着你接受自己是一个女人，有着女人所有的功能，你喜欢做爱，生小孩，照顾他们，抚养他们（或者我认为你是希望这样的）。性感意味着你认为你身体的每一个部位都是有价值的、迷人的，你甚至愉快地接受月经的到来，把它作为你生育能力的持久证明。

一个性感的女人不仅仅只是五官的美丽，或者嘴唇的厚度，胸脯的大小，裙子可以穿多短，还是多么会抛媚眼，当然这一切，是一种常人理解的性感。

性感——汉族人创造了一个多么好的词，但是我认为"性感"这个词和"风骚"这个词却一直在被很贬义地用着。

我很喜欢性感这个词，我很喜欢做一个性感的女人，我也很喜欢和性感的女人打交道。但是我理解的性感不只是你五官多么美丽，性感是应该从身体里面甩出来的，是因为你喜欢你自己，就像一个擦了香水的女人一样，她走在人群中，她会很自信，因为她知道她身上散发出来的是一种香气，我认为性感的女人就是这样的一种女人。

今天就算是正派的女人，也非常地讲究性感，也享受性爱。因为有了性感和性爱，也知道自己的魅力，她们便非常的自信，所以她们在享受性爱的时候是淋漓尽致的，不知不觉中她们变成非常会煽情的女人，这样的一种风情是会让一个男人酥到骨头里面的。一个非常正派的女人，身体在一件很名贵典雅的制服里面，散发出女人那种熟透了的性感。想想，她是多么诱人！

一个脸色白白，身材平坦，非常含蓄的弱弱女子，当她找到了属于她自己的性感以后，她甩出来的那种风情，也总是会让她身边的爱着她的这个男人激情翻滚。

我看过很多非常漂亮的女人，她们漂亮，但不性感，因为她们太做作了，因为她们太关注她们五官每一个细节的漂亮，而忘记了从五官还有衣服里散发出来的一种美丽，这种五官的精致其实都是为了一个词——"性感"来服务的，身为女人千万别忘记了性感，否则就白做了女人。

我记得小时候，在家乡的火塘边，我们的一个阿姨在火光中为我们每一个小孩子分配食物。她一身枣红色的灯芯绒上衣，一条黑麻的腰带，一条蓝色的布裙子和一头黑黑的绒发，她的面颊被火塘边的火光映红了。当她把每一勺食品发给每一个孩子的时候，我至今还记得她是一个多么诱人的女人，连我们小孩子都看傻了的女人。村子里的人都说男人们很喜欢她，后来慢慢长大，脑子里面一直记住这个女人。现在懂了用性感这个词了，我就想把性感这个词送给她，她真的是我见过的很性感的一个女人，一个在给予中流露了性感的女人。

性感这个词是不可以很简单地解读它的，认为一个露大腿就是性感，一个撅屁股就是性感，一个露胸就是性感。性感这个词的层次和深度一直没有被人挖掘出来，大家给它的名誉实在是太浅薄。

女人在全神贯注做一件事情的时候，是非常性感的；女人在给予的时候是性感的；女人在生育的时候也是很性感的；女人在床上也是很性感的；做官员的女人在男权的社会里面，当她无视男权不卑不亢地表达她的智慧的时候，我觉得她也是非常性感的。所以，相信我，我们都是性感的，性感这个词不是专给性感明星而用的，也不是给穿迷你裙的、袒胸露背的女人设定的，不是她们的专利。

我还是很愿意听平常生活中的女孩子说，哦，我穿这个鞋子多么性感；有的时候在商场里面看到一个女孩子说，我穿这个裙子一定很好看，很性感；在发廊里面我听一个女孩子说，我喜欢这个发型，看起来是那样的阳光那样的性感；在开车的时候，常常看到女生开着吉普车，她们那样自信，那样阳光，那一股股性感是从她们的每一根头发丝里面飘出来的。

不用对自己太客气了，也不用对别人客气，你觉得你是性感的，你就是性感的，你觉得你性感了，你相信你性感了，慢慢的这股性感的气就会顺着你来。当这股性感的气焰，慢慢地浸透了你的周围你的心灵以后，你便会不知不觉地变成一个性感的女人，变成一个在你老公眼里好像妖精的女人。

所以还是我的那句话，女人还需要做一个圆润的女人，什么都有一点，和你在一起的人才不会闷。我最怕的一种女人，心里也很明白，感觉也很好，但是就喜欢坐在电视机旁边，知道别人性感，但是就不站起身来帮助自己，让自己变得性感，觉得反正已经嫁出去了，长期饭票已经在手里了，无所谓了。

再想说今天我们的生活里，已经没有长期饭票这一说了，这股空气在我们的生活里面一天天开始淡了，人在骨头里面，都会有喜新厌旧的，我们还是应该有一种紧张感的。

我认识一些女人，她们结婚了，嫁了很好的老公，有着很好的家庭，可是她们还在做第二手准备，万一有一天，老公没有了，她们安全的港湾没有了，到最后一分钟她们还是可以自食其力的，她们还是可以自己站出来，走在舞台上，稳稳当当地，表演自己的才能的。

我很喜欢这样的女人，我觉得她们很聪明，很漂亮，很性感，留一手总是好过今朝有酒今朝醉的。我的女朋友，都是单身的女朋友，我们的衣柜里面，有的都是各种不一样的时段穿的衣服，裘皮、制服、晚装、短裙，有嬉皮士风格的衣服，也有皮亚式风格的衣服，有波西米亚式风格的衣服，也有印度式风格的衣服，有中式服装，有ＤＮＧ，也有路边摊的衣服，这就像我们的生活一样。因为我们是单身，所有这些衣柜里面的衣服风格，我们都可以没有一点心理负担地去融在里面，我们可以是"波西米亚"，我们可以是裘皮大衣，我们可以中式服装，我们可以西装，我们也可以"印度"，为什么不可以呢？生命是我们自己的，我们要健康地、善良地、性感地过好每一天。

我知道我们的国家越来越多的女人喜欢性感这个词，我也看见了很多很多的女孩子开始喜欢自己被赞美成性感女人，我最喜欢的性感就是，不分年龄的，不分国情的，不分宗教的，属于我们女人的性感。

品位 taste

在加州我有一位很好的女朋友，是我的朋友圈子里面最有品位的人，她的这种品位，好像就是从骨头里面就有的，什么东西被她东弄弄西弄弄，怎么看都很好看。她从来不乱买东西，但每一样东西被她淘来，配搭摆着，那个东西的价值就可以从一块钱变成一千块钱，我们都叫她"亮亮的"，因为她真的有本事把一个东西的价值给亮光出来。

我很喜欢她布置厨房的感觉，她是一个中美混血的女孩儿，所以她的生活里面，中餐、西餐都有。她会把中国的菜，干菜、花椒、辣椒、粉丝、菊花、枸杞子、葡萄干、燕窝、大米、面条、面粉、海带放在一个个的玻璃罐子里面，整整齐齐地摆着。然后这一面再把西式的意大利面条、麦片、小饼干、巧克力、干西红柿、干辣椒，整整齐齐地放在一个个小瓶子里面。一样一样的餐具，整整齐齐地挂在那儿。

每一次出国旅游，她都会收集各地的明信片，贴满了她炉台的上面。冰箱的冰桶上很随意地放一把野花，开红酒的起子就这么懒懒地挂在厨台上。一个很精致的、颜色黄黄的、很诱人的菜板，上面懒懒地躺着一把意大利小刀，两个很精致的红酒杯，很散散地摆在厨房的吧台上。她的一切给人感觉都是不经意的，我知道她是故意的，但是那股神情特别诱人，尤其是对一个中年以上的男人，她可以给你一种懒懒的居家女人的感觉。

她常常开玩笑说，我想要的男人，只要他来我家用过一次晚餐，抓他的心，抓他的胃，抓他的钱包，已经可以在80%的程度上搞定。

我喜欢这个女人的品位观，因为她有自己的风格，而且她的风格是简洁的，有人情味的，温暖的。要不然，中年男人为什么会这么被吸引？中年男人缺的就是一种温暖，一种关爱，一种居家的感觉。

品位，我们可以去学习，但绝对不能映照。我很怕看到很多亚洲的女人，只要一到名牌发布会的季节，浑身挂满这个牌子的服饰，看得人害怕得很，也觉得这样做很傻。为何要帮名牌设计师背那么多牌子，穿一两件配搭一下就好了。就算你穿得起，也没必要，满身的挂着，多土啊！

我的服饰感觉一直在中外朋友的圈中被称为很有风格，原因就是我知道我喜欢外国的一些名牌，可我是一个中国人，我知道怎么中配西，西配中，就像我今天的事业一样，是在国内国外穿梭着，我把两个文化都穿在一起，配搭得好好的，两边的人看到都尊重我，不是挺好的吗？钱都花了就要讨好人。

我最感兴趣的一个事情，就是去看我的单身女朋友装修的房子。单身的女孩子都非常讲究个性，单身的公寓对每一个单身的女人来说，尤其是希望可以找到白马王子的单身女人，更需要很小心地布置。这个公寓代表的就是她这个人。她的创意，她的理念，她的智慧，她的色彩，她的文化背景，她对生命的一种热爱，都会在这个屋子里面闪烁出来。有钱找一个设计师出来装修房子，当然很省心，但是你住在一个没有自己亲力亲为的房子里面，情感上到底少了很多快乐。

我一直觉得自己可以给自己建房子的女人是最酷的，因为这个很酷的女人可以把她所有的品位都用自己的十个手指头放在她的房子里。一个房子就是一幅作品，这幅作品也就代表了她的品位。你有尝试过自己给自己建房子吗？你装修房子的感觉是不是特骄傲，每一次有朋友来访的时候，会不会一边大吐苦水，大叫自己多辛苦，可是内心里却是满满的成就感？当别人再夸奖你几句的时候，你心里可是美得可以翻天了。

⟨❋⟩ 品位也是随着我们每个人的阅历，一天天积累，一天天吸收，最后把它变成自己的一种风格。这个很重要。杂志上说的，电视上看的，都是别人的风格，吸取别人的优点，再加上自己的聪明，创造出自己的一种品位。

礼仪 *etiquette*

⟨❋⟩ 一个人的礼仪，也就是一个人的前途。

⟨❋⟩ 礼仪的基础就是真诚。

⟨❋⟩ 现在国内的有钱女人越来越多，我们经常在各种高档时装店、餐厅、美容院等地方看到部分女性有些表现实在令人不敢恭维。你有钱，向往美丽的物品，真的是一件值得恭喜的事。有些人坐在高雅的地方，享受着顶级的服务，一看是女生服务，那股气势更是夸张，使劲地炫耀。没有人陪的时候，使劲在手机里大喊大叫告诉别人，来显示自己的权威和透露自己的财富，把一双肥脚伸到美容小姐的手里以后，还真以为自己就是另一种人类了！

⟨❋⟩ 人都一样，心里都需要被尊敬，都希望有平衡感，你吹牛吹太大，人家服务你的女生也不是一盏省油的灯，小心在给你敷面膜时，往面膜里给你吐口水。人的运气都是有时段的，所以，一个真诚的女人，无论在什么地方都应该是礼貌和善解人意的，你哪里知道人家这位要全心为你服务的女生，哪一天就会成为比你还要发达的人？再说，如果人家本来就挣得很少，经济本来就有困难，而你穷显牛皮，很有可能误导别人走向犯罪的路呢。

⟨❋⟩ 一个美丽的女人没有好的礼仪，在路上行走，你不会觉得她美丽；而一个五官不美丽的女人，在路上很讲究美好的礼仪，她看起来就很迷人。

⟨❋⟩ 女人多的地方，你就要更注意你的礼仪，要学会欣赏别的女人，光用心让男人喜欢你，女人马上就会恨你，这样很可怕。社交场所中女人和女人互相很有礼貌，非常真诚交流的风景，别人看在眼里实在是很有一种赏心悦目的感觉。

《时尚芭莎》的执行主编苏芒这几年把这本杂志办得这么火热，这么多人努力地捧场，实在是她对外界的礼仪行为让她如此受欢迎！她是一个很懂事，很有味道，也很想把事情做好的女人。苏芒家里条件好一点，这个很有礼貌很细心的女人，便把家里自己烤的蛋糕拿到单位来和大家分享。这么十几年和杂志同甘共苦，人家今天怎么成功，你不用羡慕，咱们就好好地学习人家当时的一种坚持，和大家共处时的种种礼仪行为，和人家用心、用情的努力。今天，人家这么受宠，我们就真诚地恭喜她吧！当然，我更要恭喜她的，还有她那一位中法混血的宝贝公主女儿。一生都无法忘记，小公主陪妈妈去了发廊，在吃午餐的露天餐厅里，一点都不马虎地把理发店里怎么洗头、放洗发水，表演得淋漓尽致，可爱的样子招得旁边男男女女的老外客人们带着满脸甜蜜笑容看着这美丽的母女俩。那一位小美人实在招人，有时偶然想起那张美丽的小脸和那一双粉粉嫩嫩的小手，我心里便会笑起来。

和王槚小姐一相处，就知道她是一位搞公关的高手，总是一副乐呵呵的样子，善解人意，特别会察言观色。女人只要跟她坐在一起，心里就会有一种安全感，她会慢慢听你说困苦，慢慢帮你分析，慢慢让你的心思到回到她那一句"算了，做人能让就让，能给就给，不要计较"上。

最感动的是在我最艰苦的时候，身心皆疲的时候，她会送来一大包的厨房洗涤用品或者偶尔会请我喝一杯东方君悦的鲜榨果汁。看着我干燥的嘴唇、干燥的皮肤满满地吸那杯果汁时，满眼都是"这孩子真不容易"。

我一直把她和她的先生当作我在北京的亲人。记得有一次，泸沽湖博物馆的工程又出状况，我需要一笔钱，在万般不得已的情况下我向她开了口。第二天她把钱送给我的时候，我说写个借条吧，她又乐呵呵地说："行了，你能去哪儿啊。"我心里很感动，被人信任对每个人来说都是一件让人心热的事情。看着她每天在酒店大堂看着这么多色彩斑斓的人群，却依然快快乐乐地工作着，我心里很感动。我也私下问她："每天看那么多荣华富贵，你真一点也不羡慕吗？"她又一副乐呵呵的口气："为什么要羡慕人家？那是别人的生活。"下班之后她又去乐呵呵地游泳，忙着采购新家的东西。

看着他们夫妻俩在北京很本分很勤奋地工作，实现着自己的计划，我在心里真为她的选择高兴。她怀孕了，我虽没常常去看她，但每天都会在心里想上她一两次，想着生命的日子里有他们俩做朋友，心里很安定很踏实。

顾林，我一生的挚友。一个非常智慧的女人，一个鬼才，一个很懂我的女人。我只要不开窍，有点小心眼，困惑了，文章写不出来了，到她佛堂边一坐，谈上两小时的话，出来的时候，我就云开雾散了。

昨天去她店里试衣服，我剪了一个成熟的发型，她给我做了一件成熟的衣服，我无意识地试着衣服，一转头，看她正悄悄看着我。她说："娜姆，你成熟了，穿成熟的衣服真好看。"我知道她是在用心说这个话的。

认识海伦之前，我已经记不得在她国贸楼下的店里（massimo rebecchi）花了多少钱。一年前穿了她店里的一件红短大衣去东北做节目，馋得我当地的女朋友居然坐上飞机跟我一块儿返回北京，一小时差不多花完了她手里所有的现金。我很喜欢她店里的各种美丽的首饰，买的次数多了，当然希望她打折，店里的小姐告诉我："店里不打折。"心里便对这位大老板耿耿于怀。直到在一次派对中无意相遇，发现她漂亮多了，头发也很时尚，身边带了一个不敢不听她话的德国老公。赚了钱的女人心情很好，喝着香槟，一见面就说她多么喜欢我的书。听了一会儿，想着，原来人和人之间的缘分有时是看不见的，我们其实都在如此互相捧场，互相欣赏，共同进步着。

感谢那次派对的相遇，我拿到了一个八折卡，却和她成了不折不扣的好朋友！

我生日那天，她听话的德国老公用从我德文版书里扫描下来的照片花了好多时间为我做了一个蛋糕，简直美丽极了。只是在切蛋糕时怎么都有一种怪怪的感觉，怎么切呀，先切眼睛，还是先切嘴唇啊？

海伦、顾林、王櫵、苏芒，我们都是属于非常执著、勤劳、孝顺的女人。女人在一起，真心话一打开说，就比男人还要哥们得多。我很感谢生命里有这几位礼仪方面做得很到位的朋友存在。苏芒帮我开时尚专栏；王樯教我怎么做事；顾林给我漂亮的衣服，开导我的心灵；海伦像大姐姐一样关照我，我们互相支持着，互相鼓励着，每一天共同进步着。每一天学习着她们的礼仪，我的心常常感动着。

阅读 *reading*

　　我在全世界各国游走的时候，最喜欢看的就是黑白影片的展览，在黑白影片中，我尤其爱看人在阅读时的照片。

　　一个女人，无所谓什么身份的女人，只要她在全神贯注地看一本书、一本杂志、一张报纸，她身上的那股专注劲，总是非常能感动我。

　　在国内外我的书都卖得非常好，每一次看到咖啡厅里、飞机上，或者书店里，有人捧着我的书在全神贯注地阅读，我就开心得不得了。看着人家全神贯注的样子，好几次都很冲动地想，买一块蛋糕送给他，让他一边吃蛋糕，一边看我的书，然后未来再继续捧我的场。

　　阅读对我们女人是很重要的，但不是天天看八卦杂志，看怎样和人家比吃比穿，女人只要开始和别人比吃比穿以后，就变得很空洞了，然后生活就会开始累了，因为比是没有尽头的，天外有天嘛。我还是希望女人阅读的时候也要讲究圆润，什么都读一点，八卦也要读，菜谱也要读，旅游书也要读，家居书也要读，关于婚姻危机的书也要读，怎么甩掉身边男人的书也要读，还有历史类、诗歌类、人物传记类等等。

　　我自己书架上的书比较好玩，我到底是"女儿国"的女人，还是喜欢读女人的书，我看了关于亨利夫人、希拉里、宋美龄、麦当娜、弗里达、阿拉法特夫人、奥黛莉·赫本、玛莉莲·梦露、戴安娜的书，当然还有杨二车娜姆的书……每一次看这些书架上的书的时候，想着书架上的这些女人，心里觉得很有意思：这是什么跟什么呀，一大堆不同年代、不同时代、不同信仰、不同职业的女人，都因为我这一双手、这份心情被放在同一个书架上，让她们肩并肩地"站"在一起。

◊ 我常常在想，要是把这几个女人都放一块儿吃一顿蜡烛晚餐，或者是一顿麻辣火锅，会是一种什么样的风景？

◊ 我们应该学会欣赏女人，学会欣赏别的女人，你会学习到很多精华的东西。我很想给你推荐一本书，这本书就叫《弗里达》，我刚刚看完，心里很多的感慨，这一个女人，她身上的那种生命力，是奇特的。

◊ 为什么喜欢读这些女人的生活？原因可能只有一个，就是喜欢这几个女人身上顽强的生命力。

◊ 你呢，你在看什么书呀？我明天想去买一本关于菜谱的书，马上快40岁了，很希望自己的厨艺再多一点进步。

咖啡 *coffee*

◊ 我是一个离了咖啡活不了的女人，早上醒过来，如果没有那种咖啡的味道，或者是咖啡煮好了，没有牛奶，我的脾气马上就大。

◊ 认识我的人都知道，只要有咖啡牛奶，接待本小姐就是一件很容易的事。我喜欢咖啡，尤其是喜欢几个女朋友在一起，在一堆鲜花丛中，煮一壶意大利的咖啡，整个屋子里面全都是咖啡香香的味道，穿插在女人们的谈话中，松松地融在这个咖啡的香气里，心里总是有一股非常温暖的感觉。

◊ 现在我们这些女生都是可以自给自足的人，拥有了自己的公寓，衣柜里挂着漂亮的衣服，化妆桌上放着很适合自己的香水，衣柜里的鞋也是很精致的，一切都收拾得很好，经营得很细致。在这么一个精致的屋子里面，捧出一杯香浓的咖啡，一个人坐在窗台前、佛堂边、沙发上，享受自己的生活，享受自己的人生。咖啡的味道真的好！

周末的时候，我都很喜欢邀请几个女孩子来我的家里，切块蛋糕，喝杯咖啡，聊聊每个人生活里的见闻。因为我是一个很不喜欢看报纸的人，我所有的社会新闻都是靠这个下午的咖啡时间里，竖着耳朵听完，然后再感谢人家送人下楼。

我喜欢咖啡，一天13杯。朋友说我这身黑皮肤，可能就因为喝太多咖啡的原因，我的朋友还说：娜姆，你一天13杯咖啡，说不定你的血管里面都没有血，都是咖啡。

现在我不喝外国咖啡了，我改喝云南的小粒咖啡。我是一个支持国货的人，我喝云南小粒咖啡，我坐国航的飞机，我用一切国产的东西。国货现在越来越好用，支持的人越来越多，产品的质量也越来越好了。

下次见到我时，喜欢我的话，送一包咖啡给我。

礼物 *gift*

我是一个非常喜欢收到礼物的人，谁不喜欢啊，谁都喜欢。我比较喜欢收到的礼物是鲜花。

有一个男孩子，一个星期给我送两次花，一次送12把，我12个花瓶满满地摆着花，我每天就在花丛中飘来飘去。早上醒来，满屋子都是鲜花，捧杯咖啡坐在花丛中，感觉自己像公主。

这个男生送了我6个月的花，我想他只要再坚持送到第8个月，我就会决定跟他一个很浪漫的晚餐。第6个月他再次邀请我晚餐，我说再等一等的时候，他的耐心没了。真可惜啊，6个月都送了，还有两个月就可以送满我的要求了，这时候放弃，很不合算，我觉得他很笨。12个花瓶，每一周都张着一个大嘴巴等着我，我自己买12瓶花，还是太贵，所以我就先减掉一半，6个花瓶，到今天是4个花瓶，外加几把大的富贵竹。自己给自己买花，也没什么了不起的，感觉也是很美好的，坐在花边，品着咖啡，写这个小文章给你，心里一样感觉很美。

我自己也喜欢给朋友送礼物，我很明白礼尚往来嘛。我送礼物不喜欢送名牌的东西，而是喜欢送幅我喜欢的老式招贴画，一件老的胸兜，一个淘来的罐子，一个雕的木刻板或者是一副西藏的耳环，一块丝巾，或者是一块布。

喜欢这些东西的人，当然很高兴收到这样的礼物；不喜欢这类东西的人，家里布置得异样，西式的、欧式的，收到我寄去的木质的土罐子，总是嘴一撇，我放哪儿啊？我说就放在你们家最显眼的地方，因为是我送的，不协调没关系，因为杨二车娜姆在哪里摆着都不协调。霸道地让人家摆在那儿，然后霸道地让人家接受。

一个东西，常常看，时间长了，也就习惯了。因为不协调，所以很抢眼，每次看到的时候都会想起我。最后终于明白，这才是我的心思。

不是很熟的人，我很怕别人送给我很大的礼物，这样会给我压力。一件事情我觉得太大的压力，尤其是人情世故的这种压力，我只要感觉到了，就会学乌龟，把头缩到壳里，悄悄的，不来往。

我们民族习惯只要一出远门回到家，就必须带三样东西，烟、酒、茶，回到家里先把这三样东西放到火塘边，作为敬火神的祭品。以前很想家，每次回家都带着很多的礼物回去，现在越来越大，越来越不愿意带东西回家，没有什么比带现金更实际，村子里面老人开始开玩笑说，你今天已经变成美国公民，你的路越走越远，但是你的礼物越来越少。

虽然礼物是一种礼尚往来的东西，但是送多了以后，就会变成一种习惯，对自己、对别人都是一种习惯，一旦有一次，这个习惯没做，就会带给别人失望，给自己压力。

所以，我很喜欢很随意的礼物，很意外的礼物，很没有特意安排的礼物，那种惊喜的尖叫，才是发自内心的。

美丽 *goodliness*

美丽这两个字，字形很好看，写起来很顺手，看起来也真有一种很美丽的感觉。

我喜欢美丽这个词，但我对美丽的理解可能和大家不是太一样。我觉得美丽这个词首先应该授给女人。但是一个美丽的女人，首先就是干净，干净就是首先要从头开始，头发要干干净净的，一点头皮屑都不能有，白头发无所谓的，黑发中间夹杂着白头发也是一种性格和阅历的反映。耳朵要掏干净了，每天出门之前一定要检查一下自己的鼻孔，再看看自己的牙缝。口香糖现在所有的小卖店都有卖的，随时都要买一包口香糖放在小包包里面，这个很重要。我们中国人有自己的饮食习惯，但如果今天我们要跟很多国际上的人士打交道的话，很多东西如果不注意，真的会有一些尴尬。

今年我在丽江，去机场接一个很喜欢我的意大利男生。因为我知道他是一个非常爱干净的人，而且他的鼻子很尖，什么不好的味道他马上就会闻得出来，所以我在见他的几天之前，一概拒绝吃大蒜，因为云南菜太多大蒜。虽然两天的食品里面没有大蒜，味道总是有些欠缺，但是为了迎接我喜欢的人，我就忍两天吧！

两天没有吃大蒜，身体洗得干干净净的，头发洗得干干净净的，手脚指甲也都修得整整齐齐的，耳朵也掏了，高高兴兴的，带着哈达和丝巾去机场接人。飞机晚点了20分钟，开车的杨本家司机说，那我们去隔壁坐坐，吃一碗凉粉吧，云南的凉粉酸酸辣辣的，很好吃，我想只要不放大蒜就不会有异味，所以很放心地吃了一碗。凉粉里面放了很多的韭菜，我也没有注意。吃完了凉粉我还用浓浓的茶漱了口。

　　到了机场接到了不远千里来到丽江的人，非常开心地冲过去，在给人家献完哈达以后，这位一向习惯意大利吻人两颊的人，居然给了我非常官方的握手，我觉得很奇怪。然后以后两天的时间，他一直跟我客气着，我觉得这个人很奇怪，也许是高山反应。到最后我忍不住了，问他怎么回事，他说你身上有一种味道，好像是从你皮肤里面发出来的。我忽然想起来了，不吃韭菜的人，闻韭菜的味道是会觉得味道很重的，而且云南的韭菜好，留在皮肤里面的时间更长，更浓。那天为什么这么傻，就没想到放两片口香糖在嘴巴里，最起码也有所帮助啊。

　　第二天见到司机，笑着给他肩膀上一拳，就怪你那一碗2块钱的凉粉，差点毁了我的好事，杨司机也说，真的，不吃韭菜的人闻韭菜的味道就是特别的难受。

　　反过来，很多我的女朋友，闻外国男生吃完奶酪以后的味道也是一样的恶心。饮食习惯不一样，也奈何不得。但是我们女生无论吃什么样的食品，晚饭以后，往口里放一片柠檬味道的口香糖闻起来会让你身边的人感到很清新的。

　　美丽这个词，在我的身边，很多人只用来形容五官很精致的女人，我心里很不服气的。一个美丽的女人就应该是一个非常优秀的女人，光美丽不优秀，像我们这种没有耐心的人，看两分钟就没兴趣了。美丽的持久就是要优秀，优秀的女人就是要很干净、有香味、很甜蜜、很善良、很智慧。

　　美丽其实就是那么简单的，有的女人五官很好看，衣服穿得很脏，身上有很糟糕的味道，鞋子穿得不好，怎么可以说她是美丽的？美丽应该是一个整体，从里到外的。

　　我在重庆有过这么一次经历，坐在一个火锅店里吃火锅，从餐厅外面走进来一位外形非常漂亮的女孩子，五官、发型、衣服、气势都可以称得上是美的、引人注目的。但是一张口，一句"你狗日的"，夹在筷子里面的一块蘑菇怎么也没办法放到嘴巴里面去。啊，真的是扫兴！接下来，看着坐在我前面的这个女人，就不再觉得她美丽了。

在家、在外、在男人面前、在女人面前，我们都要干干净净的。制服、晚装、运动衫，无所谓服饰的变化，身体和五官总是很干净的。

一个美丽的女人是不可以找借口说自己没有时间洗头，或者没有时间修指甲，没有时间买香水的。

身材 *figure*

我的编辑王飞宁对我说，娜姆，你今天一定要写一篇身材的文章，我今天来找你的时候，我们社里的女孩子问："她都40岁了为什么身材还那么好？"

我的身材好，我自己没觉得，因为我的生活太不稳定了，总是跑来跑去，时差倒来倒去，这么一种颠颠簸簸的状态想变成大胖子自然是不可能的。但是身材随着年龄的增大会有所变化，我还是很注意的。

现在时尚的女人都会去固定的健身房，做瑜珈，吃各种各样的美容药。我也试过，但天生没有耐心，没有一张健身房的卡我用完过；没有一次瑜珈课，我从头到尾坚持下来。

但有一点，我喜欢走路，尤其我出国的时候，能走路的地方我尽量走路，这是我喜欢的一种健身办法。慢慢地走，慢慢地看，慢慢地欣赏，也锻炼了，也把肥减了，东西也看了，也不那么累。唉呀，我最怕的是，尤其是在美国看到那些锻炼的人，把自己关在一个个的空气很不流通的健身房里面，大汗淋漓地练啊，跑啊，那种专注的神态让我觉得非常可笑，有一点可怜的感觉。把身体弄得那么累，有这个必要吗？

身材的胖瘦，我觉得跟民族的人种还是有关系的，我们民族的人还有藏族人都很少有胖子。所以我的家庭旅馆一建好的时候，其中一句广告词就说，这里是风水最好的地方，这里是最有利于怀孕的地方。可能在这里怀上的孩子以后都不会是胖子。

我很幸运，我是在泸沽湖出生长大的女孩子，因为泸沽湖的女孩子都很勤劳，很能干，走很多路，所以她们身材好，尤其是我们民族的那个白长裙一穿，个个都像仙女一样的。

在美容健身这一块，我是个很不能吃苦的人，更重要的是没有耐心。所以我就走很多路，做很多家务活。我擦玻璃窗，垫着脚尖擦，可以收腹挺胸；我趴在地板上擦地板，可以练手臂的力量；我整理我的书，可以顺便做一个摇头的动作，锻炼颈椎，锻炼下颌。随着每一天的运动，就不会有肥肉积在我的身体里。

我的家里有一个从朋友家里抢来的玫瑰椅，看书的时候，我很喜欢坐在玫瑰椅上，那是古代女人在睡房中等先生回家的时候用的。坐那个椅子是要很讲究的，是收腹挺胸，然后很文气地，很优雅地，端着这么一个姿势。我坐在那儿，把一本我喜欢的杂志看完了，随便把身体锻炼完，然后泡一杯英国奶茶，吃一小块饼干，胃口还好的话，我就喝一点酸奶。

我不去健身房，身材还是这么好，经常惹得我那些天天去健身房的朋友们大叫不公平。每次我都跟她们说，奈何不得，你要怀孕就去泸沽湖，你的女儿就会像我一样身材好。

我不反对别人去健身房，但我不喜欢和很多的人在一个都是汗味的地方。我是一个山上长大的孩子，呼吸不来这样的空气。但我身边所有的女朋友都有健身房的卡，她们也是每周3次，不折不扣地去坚持，我很佩服她们。

我现在要开始打网球，要开始打高尔夫球，因为我要40岁了，终于可以有静下来的心情了。

美容 *hairdressing*

一张美容卡也不只是女人的专利了。

我去上海一家接睫毛的地方补睫毛。隔壁床躺的是一个男人，也在接假睫毛。我吃惊不小，现在男生也有人在干这种事。男生转过一张皮肤很细润的脸来对我说："哎哟，你是娜姆，我最喜欢看你的书了。"我一面应着"谢谢"，一面也忍不住，问他："你怎么也跑来接睫毛？"他回答我说，"哦，我认识的不少男孩都接睫毛，没什么，不稀奇的，怎么你也来做美容啊？"看着他从容的回答，以及美容小姐根本就见怪不怪的样子，躺在旁边床上的我，怎么都有一点不舒服的感觉。听着他跟美容小姐还在好用心地聊着各种美容产品、时尚知识，比我一个时尚人士都广博得多。这一生做梦都没想到会和一个汉族男生躺在一间美容院的床上接假睫毛。

进了几次国内的美容院，也深深地对国内美容院里这些美得灵灵的美容小姐感到佩服。她们说服能力真强，你自己如果立场不坚定，不知道自己要什么，很容易恨不得全身都来几刀，一准成为一个全新的你。

这几年，我一直在生活的底层和高层之间来回穿梭，旅途的疲劳和辛苦，加上时差的颠倒慢慢地使自己脸上的皮肤严重干燥，眉眼下垂，面上色素沉淀都很严重。我去美容院，修眉、做睫毛、做激光去色素，修理、打扫一下自己的五官，但大的改动我还是认为要三思而后行。

女朋友说，你一直崇尚自然派，怎么也会去做这些美容？去美容院适当修理一下自己的五官不是什么不自然、丢人或不好意思的事。但记住就是要有自己的立场，不要大动手脚。

美容院是请美容师把你变得美丽、漂亮起来，而不是让美容师把你改变得不是你自己，这就不漂亮了。

香水 *perfume*

"不用香水的女人是没有前途的女人。"这是法国人推销香水时说的一句话。

我是离不开香水的女人，就算在老家的博物馆的阳台上喝酥油茶，我也要喷上香水才能稳稳地喝茶。

人家开玩笑都说，喂，你知道为什么法国的香水好？是因为法国人都不爱洗澡，所以她们都要靠香水来去味！

我们平常生活中社交活动越来越广泛，女人们喷上香水也是一种对别人的礼貌。

香水的选择是很个人的，选香水也有一点像选老公。慢慢选、慢慢挑，最后挑上一款你满意，很合适你身体，并可以在你皮肤上持续很久时间的香水。我在用现在这款已经用了近10年的香水之前，用过几十种牌子的香水，我知道，"鸦片"这款很合适我，心里定了，以后，总是知道自己要什么。

服装 *clothing*

想要穿得漂亮，就要学会看各类时尚杂志。

杂志上、生活中，巴黎女人、意大利女人最会穿衣服，细细留意过她们穿着的衣服，也并非全是名牌，她们身上那股怎么看怎么都觉得合体、舒服、好看的气势，多少年来一直感染着其他国家的爱美女性。

看了很多年，终于看出来为什么这两个国家的女人穿衣服这么好看，就是她们身上那股从容的劲儿，无所谓什么大名牌穿在身上，她们并没有一副完全与世隔绝、居高临下的态度。她们穿得很干净，衣服烫得很整齐，香水用得很合适。

在这两个国家，你很少看到有钱女人把这个季的新款挂满全身的样子。

她们只把时装文化当成生活中一种工具，工具无所谓是名店买的，还是普通商场买的，只要从从容容、干干净净地用，美丽的味道就出来了。

我还算是很会穿衣服的女人，我穿衣服的秘诀，就是要我自己感觉好，让别人看不出来我穿的是哪一季的衣服。我从来没有把名牌挂满身上的习惯，我习惯于搭配，我搭配衣服也很在行。不是真的不喜欢的衣服，我都不乱送人，放起来，时不时地把玩一下，这样配一下，那样配一下，一身很特别的衣服就出炉了。这种配搭出来的衣服更能突出你的个人气质，显得特别，又可以省钱。

我的衣柜分：

①齐鞋跟的长大衣(黑色为多)、裘皮大衣

②短款大衣、短款裘皮上衣

③皮夹克、皮裤子

④晚装、迷你裙

⑤套装系列

⑥牛仔低腰裤

⑦各类豹纹衣服

⑧黑色蕾丝睡衣(长、短)

⑨粉色白丝长袍

⑩各类性感内衣

分门别类很重要，衣柜不乱，衣服好找，心情就漂亮了。

尊严 *self—respect*

——致天下所有女人

因为爱能够无限，

所以为了某人的幸福，

我宁愿结束自己生命中，

最美好的一章，

表示我对他的感谢。

痛苦是短的，

乌云会消散的，

太阳会再次升起。

当光芒出现的时候，

我将会再陷入我新的爱情。

这段话，是我写在我的《7年之痒》的书的开始处。能写这段话出来也够难为我的，7年的时间，所有的积累，细心打理出来的家，300双世界各地走了多少商店收集来的鞋子，都因为另外一个女人的进入，而不回去拿了。心里一点都不后悔，当然不可能，物质的东西，凡人都留恋的。但那一分钟的念头是，我回去拿了东西，见到他内疚的面孔，我心中7年对他的美好感觉将会完全破坏。

所以，我选择了在北京城白手起家。白手起家，谈何容易！一个家里什么都需要，连一颗钉子都要自己下楼去买。

家装修到一半，屋子里的乱，和心情的乱掺杂在一块儿，坐在马桶上，心里也问自己，后悔吗？英雄倒是当了，却把自己搞得这么苦不堪言，合算吗？很快自己又开始欣慰起来，天哪，还好，没有这么冲动地跑回去，打那个女人两巴掌，赶她出门，把他罚跪，家里是我打理出来的，怎么样我也是老大，当然结果是我得回来。他，在我的心里就不漂亮了，我们心存的怨言、不信任、伤害便会伏在我心上，时不时就会咬我一口，我们的眼睛里也不可能再有7年时间里那股清澈。

而且，这种怨恨随着时间渐渐平淡，年龄渐渐长大，回忆都会回来的。试想着后半生要在这么一种不美丽的心情下过日子，自己不开心，也拉着人家不开心，我后背都发凉。只好坐起来，重新拎着桶，拿着抹布，一点点开始收拾自己的家!

常常，我都在想，我们自己就是一个大海，干吗非要执着于一滴水？为一个男人、一段情、一个目的，自残、自毁、自悲，对我们女人都是很不划算的事。

我们都是相信一个叫"时间"的东西，一切都会过去的，乌云总会散去的。每一次失恋，都觉得自己离开他，除了他这个世界一定没有更优秀的男人。女人心软，失恋了，却想着对方的好，用一个巨型的放大镜放大他几倍的好，就开始后悔，开始内疚，开始自残。

但你只要熬过来，一段时间后，见到太阳出来了，你也就恢复了元气。这个人世，什么都讲因缘，缘份也有早晚，咱们需要耐心等待，平常心对待身边发生的所有事，享受每一天。

你是好人，你便会有好的缘份，老天爷都是叫号配对的。哪一天，叫号轮到你了，就很好；叫不到你，也是你的缘分没到。没有姻缘，不是丢人的事，感情的事，谁都不可以看谁的笑话。尤其我们女人，世界上没有一样东西是永恒的，你笑别人，你哪里知道有一天别人的苦就会降到你的头上。

我们生命的本质是最重要的，我们的本质就是把自己这一次的人世，好好地，安全地，不害人不害已地过完，你就把这段你人生的路顺利走完了。要顺利走路的人，需要的就是一颗宽容的心。情感上，负面的东西不要想，否则便会顺着这股情绪往下滑，这样很危险，你的人生也就不会漂亮了。

相信当光芒再次出现的时候，你又会陷入你新的恋情。

自由 *freedom*

有一首《康巴汉子》的藏族歌曲，是一位住在成都，叫亚冬的藏族康巴男人唱红的。

听《康巴汉子》这首歌曲，如果你没有去过康区，你便很难想象那里藏族人的气势、藏族男人的骄傲。我爱唱这首歌，实在是喜欢这首歌的歌词：

额头上写满祖先的故事，

云彩托起欢笑，托起欢笑。

胸膛是野性和爱的草原，

任随女人恨我自由飞翔，

血管里响着马蹄的声音，

眼里是圣洁的太阳，

当情歌在心里歌唱的时候，

世界就在我的手上。

我每次唱的时候，都把歌词改成："胸膛是野性和爱的草原，任随男人恨我，我自由飞翔。"事实上，我当然不是真的希望男人恨我，只是太喜欢这种歌词里面蕴含的气势，一种心灵自由、人格自由、身体自由的气势！

一个人，漂亮的一生，就是不能丢掉心灵的自由。婚姻让两个人住在一起，生儿育女，尊老爱幼，承担起抚养下一代和送终老一代的义务。这是一份工作，是一份两个人商量好了的工作，一份很美好的工作。一个拥有心灵自由的自己是不需要双手全盘捧出来交给婚姻的。既然两个人可以好好牵着手走入婚姻，那两个人当然也可以牵着手好好商量怎么给各自的自由数量。

我一直很喜欢台湾人叫婚姻是"牵手"，牵手是一个多么有意境的美丽叫法，结婚后的两只手牵在一起，一起走过人生中的五颜六色。诺基亚手机的屏保，一打开手机，两只手牵在一起的画面，就是可以叫人心里一阵热的。平常出门，受了委屈，打开手机看看两只手这么着急地牵到一块儿，心里就总有些安慰。想着这一分钟，不要走极端，这世界过一会儿就会有美好的东西出现在你的眼前。学会了自己正面地安慰自己，学会退一步海阔天空，就学会了怎样爱自己，就是学会了给自己心灵注入一股自由的空气，人的心天天紧着，哪里可能去谈自由？

我的生活，认识过很多很懂得保护自己自由的女性，尤其是北欧的女性，她们的经济很独立，你就别想着她们会放弃自由。

我以前的婆婆有4位死党，她们都结婚超过20年。孩子们大了，工作了，甚至结婚了，她们却一直保留着一个很多年的习惯，每半月有一次聚会，每一次聚会都不允许老公参加，她们在每一个家庭里轮流着聚餐，做一个很好吃的蛋糕，讲讲平常生活的事。

我很吃惊的是都是这么多年的老朋友了，人家4个人就是有本事做到每次见面服饰方面一点儿都不马虎，头发、衣服、口红、香水都很细致。我算是佩服到底！

每次聚餐她们都会拿一小部分钱出来由一个人管理，到年底时，她们会拿出其中一部分寄给南斯拉夫她们一起资助的贫困小孩，另外一部分就留着一块儿去她们帮助这些小孩的国家。顺便完全自由地进行一次纯粹女人的集体旅行活动。这种旅行不同于跟丈夫、孩子、家人外出，4个单身中年女人美美地、快乐地、兴高采烈地坐在餐厅里喝咖啡，无忧无虑地聊着天，有时当然也会招来一些中年男人，甚至年轻帅哥的礼貌邀请，共渡一个快乐的晚餐！

看着一张张她们快乐的照片，我不在场也能感受到她们的快乐！她们享受助人为乐的快乐，享受着这种健康纯洁的友谊，她们互相鼓励着、协助着、激励着走过这么多岁月。她们明白，人生是要圆润的，不要因为一个丈夫、一个孩子，把自己的世界缩水。有一天，如果你的丈夫、孩子都离开你了，你最起码还有几个知心知底的女朋友在一起，打麻将、讲八卦、互相鼓励。自由地和有水准的、有善良心的人做知心朋友，自由地关注社会上一切新生事物。

让自己的心灵健康、身体健康、人格健康，你整个人看起来就会漂亮到底。

婚姻 marriage

我很喜欢的一位台湾女作家胡因梦小姐，在她60岁时给女儿写了一封信，里面借用了作家张爱玲女士的一句话：婚姻是毁灭一个女孩天才的最佳手段。不少女性结婚以后，失去了很多年轻时的抱负和理想，为预防丈夫出轨，跟小三打一场永不休止的持久仗，就耗尽了她们的心力，一生就这么过去了，这是一件多么可惜的事。

　　在丽江开了这间花房音乐酒吧，三年时间里，因为开门做生意，见了太多形形色色的人。酒精会帮助人发泄各种情绪。见过有的女人因为找到真爱而感动得哭泣，也见过有的女人因为不愿进入婚姻选择放弃后内疚的哭泣，还见过已经对爱情婚姻死心了的女人又意外重获爱情的眼泪，更见过太多因为跟小三打仗而痛苦的眼泪。当然在丽江这个有"艳遇之都"之称的旅游城市，还有小三不顾尊严和脸面，死皮赖脸纠缠却得不到的眼泪！

　　我一向是一个对女人心软、心疼女人的女人。对于爱情，我永远只拿我想要的那一块，我不会因为别人的错误来伤害自己。但对于小三的眼泪，我从来是看不起的，是不会可怜的！因为这样的女人内心很穷，除了一副身体以外，没有品德，没有人格，没有家教，没有信仰！以为抢便可到手，而不知，任何一个破坏别人幸福的人，都会为自己种下仇恨的种子，因果轮回总归会在一个地方等待着她。自己一个人躲在被窝里彻底失眠的模样也是一种报应！见到这样的女人在我的酒吧哭泣用过的纸巾，我会拿一个袋子让她把擦过眼泪的纸巾装走！并告诉她你的眼泪太脏，连放我家垃圾桶里都不配，你带走吧。因果是你逃不了的！抱歉，地方小，我无法听不到你的哭诉。所以，作为女人我很看不起你这样无知者无畏，脱了裤子打老虎又不要脸又不要命的女人。

　　我自然是很同情被小三欺负的女人，但看着她们没完没了的眼泪，我一边开始心疼我盒子里的纸巾，一边也觉得她们很不争气！我是不相信眼泪的。我的眼泪只会对着佛流，偶尔也会在看电影时流下热泪，但苦泪我是不流的。在江湖上几十年，眼睛里装进去的东西太多。小三这种人，就是件准备好了的给你痛苦的礼物。你可以心里对自己说，这个女人的礼物，我不要，我还给她。转念就去做对自己的心有好处的事！不看这样的女人，只会让她们很难受，很窝火，很无法自拔！你就让她天天花着时间，花着心思，花着财力去研究你，惦记你。因为，任何一个当小三的女人和破坏别人姻缘的女人都是内心凄凉的人。而你就要学会花时间对自己好，充实自己，保养自己。男人和小三都是一个德行。他看你如此沉稳，心里多少是虚的、内疚的。而这时候，如果你还没合适的人选，就继续留用他。如果有中意的出现，再优雅地甩掉他！让他在小三面前都没面子，让他觉得自己就像一块毛巾一样，被女人用来用去。夜深人静窝火的人是他和小三！

　　我一直相信，天才女人是要不起婚姻的，婚姻的流程是过日子，相夫教子，共同承担家庭责任、柴米油盐。天才女人必须是独立的，优雅的，才情真情艳情，一个都不能少。浸在婚姻里，才情是一定不可任性发挥的，收敛再收敛。才情枯萎，风采就枯萎了。这个世界，不是人人都是属于婚姻，适合婚姻，能守住婚姻的！所以，我仍然希望每个女人都在选择婚姻之前，看清自己，问好自己的心。不能为了孤独、寂寞、长期的饭票、生孩子而结婚。关注自己内心真正的需求，同时知道对方也是真心能让你如愿以偿，才去结婚。否则，单身到再老都会有机会碰到艳遇。沉在不开心的婚姻中枯萎，整天想着面对小三之类让人掉身份的事，还不如不结婚。

　　所以，我举双手赞成，天才的女人是不必结婚的！

我的这张嘴虽然不性感，
但真的是吃过了世上的山珍海味，
也吃过人间最多的辛苦；
我的这双眼睛虽然不算漂亮，
但到底让我阅过了人间各种美景和各种辛酸艰苦！

写给娜姆

　　娜姆是一个真诚的女人，她随时随地地释放着她的心、她的情，有时眼见着事情发生，我的心里都在着急："该怎么办呀你？！"可已经这样了，又能怎么样呢！

　　她不是一个随意恣情的女人，她的丰富和热心、热情并不完全亮在世人轻易能看得到的地方，和她相处久了，才知道原来受伤也是一种美丽。

　　如果一个人真的敢爱敢恨，在当今这个世界也属于稀有。

　　让情绪漂吧，顺应天意！关注每一次发生，细细品尝，这些喜怒哀乐变成年轮组成了我们的生命，当有一天我们打开记忆的大门，会不会看到时间的故事曾经发生在谁的身上？

著名服装设计师　　顾林

2003年11月7日于北京工作室中

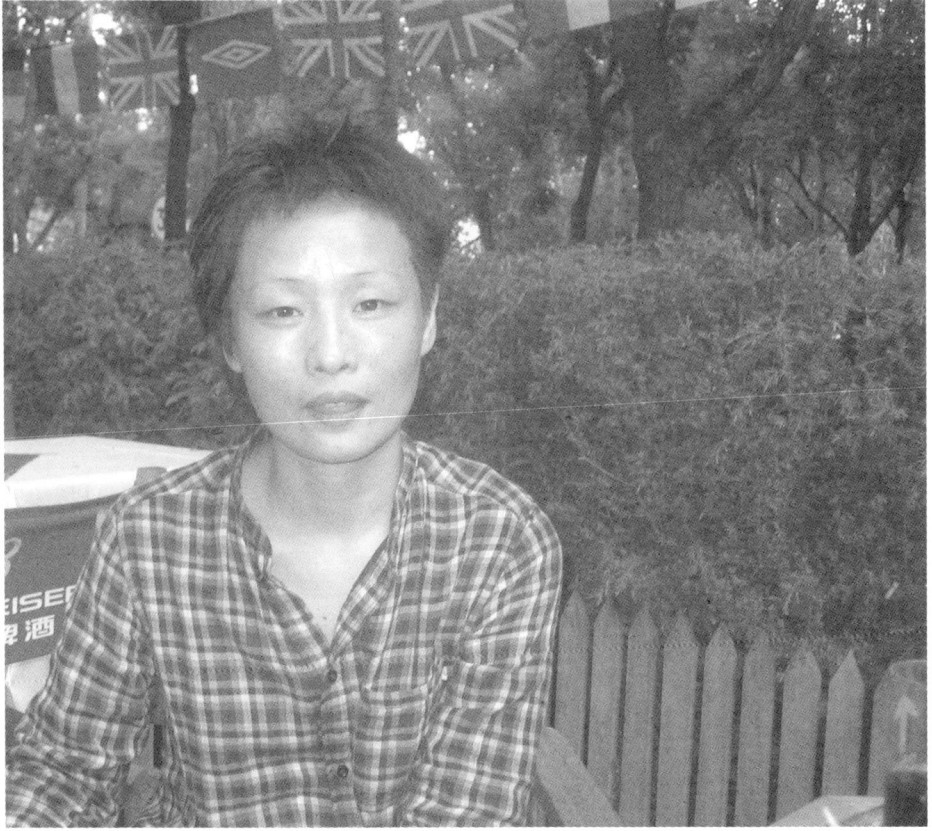

娜姆语录

这花真美，这么美的花代表了对人生的感恩、情意，它绽放在阳光露水中，把花香和美丽奉献给爱生命的人们。正如我们的人生一样，感恩和奉献让我们深深体会生命是可以这样绽放的。祝福每位爱花的人幸福快乐。

我的阿妈今年七十八，每年喂养三头猪，我叫她坚强。我现在有多一点时间在丽江，离她近了，只要有导游上来，阿妈就捎给我她亲手做的食品。今晚晚餐是阿妈带给我的香肠，感恩阿妈，祝福阿妈，也祝福天下所有的阿妈们吉祥如意！

热爱藏文化是我一生的情结，浪迹天涯几十年，无论在瑞士、美国、中国，只要见到关于藏族的一切，都会令我欢喜，人家说男不入川，女不入藏，藏区帅哥多，美人去了牧区，藏族哥哥们直盯着你，盯得你眼睛四处飘了一圈，人家还是直直地盯着你，不放就不放！

八十年代我在上海音乐学院，一个上海男生周末请我去他家吃饭，他妈就担心我们外地人想嫁到上海。上菜时老太太一筷子鸡毛菜夹我碗里，嘴里说，哎呀，少数民族能来我们大上海太不容易了，吃吧，这是我们上海上等人家吃的。我说这是我们家乡喂猪吃的。我们本身就是大海，为何要执着于一滴水？

时尚终将过去，只有风格永存！

有机会相爱到老，牵手一生的人，是缘分很深的人。缘分有深有浅，奈何不得，不过，我一生都会为每一位因真情而相爱的人祝福！衣服很美，内心已不再祈盼穿上它。前世的因缘，今世的福报，现在要好好做人，与人为善广结善缘，来世直接嫁入皇室，我喜欢当女王的感觉。

是的，选择活着，还是绽放？我选择绽放一生！你呢？亲爱的明白的人们！

学会放下需要勇气，放下会把一颗给别人的心找回来放在自己的身体里，不再盲目地信任你的心和别人是可互换的。放下的日子开始安静、纯净，寂寞也是一份美丽。放下后就要学会好好关心自己的心，心美了，人才会美，美人才会开心。

娱乐圈是非之地，进进出出，不必太在意得得失失。拿走自己想要的东西上山打猎去，身后留下的味道给山下人吹各种牛皮。我在国外这样对媒体，对国内也同样心态，所以，当别人都以为你会撞墙时，你却在自己的花房里悠然地玩着点小风情，不在意别人的伤害，下一步她就会惦念你，悄悄在心底敬佩你学习你。

中午硬被朋友拉出花房喝杯咖啡，晒晒太阳。邻座背靠我坐的一位美人儿头上戴了朵红花，人面桃花地和一男生十指相扣，满眼含情地喝着饮品，一回头发现红花教主就坐她后面，立刻摘下了花儿。我和朋友都乐了，首先戴花不是我的专利，不必羞怯，爱花是代表一个人热爱自己，热爱生活。爱花的女人都是心里干净的女人。

乡愁的滋味是豆花饭，我阿妈说吃豆花要烫，找老婆要胖。

这些年内心最感幸福的事，就是每年都能回故乡陪阿妈过年，全家几代人相聚，这份亲情是珍贵的。13岁离乡，人生的大部分时间都在浪迹天涯，现在阿妈老了，能让她开心一天是一天。生育之恩，一生回报不了，大年初一给阿妈叩头谢恩是每一年都期待的。家是我们每个人的根，一个人没有了根就没有了一切。

告诉自己的心，别人的财富美貌一定是前世修来的，恭喜别人的同时，每天学习向善，有一颗为他人服务的心，来世你便会有美满的生活。这样想，每天你便会轻轻地快乐，慢慢地富足。爱嫉妒的人身上布满毒汁，再美的容貌，身上都有一股脏乱的气场，不会拥有发自内心地去交朋友。嫉妒是魔鬼，远离它！

眼泪哗地流了下来，一个有信仰的民族是多么简单又幸福。很深很深地热爱着藏区牧民们的一切情绪，和藏区慈善阿妈的仁爱的眼睛。下辈子要投生藏族牧区，每天清晨掀开帐篷，给佛堂敬香，给阿妈敬茶，骑马放牧，阿哥送条粉围巾，夜夜都有弦子跳。爱藏族人吧，去亲近那份文化吧，你会收获很多内心的营养。

那一年我青春，朝气，阳光，骄傲，生活浪漫甜美；这一刻我成熟，感恩，平静，享受过往经历带给我的美好沉静，满意地继续追求美貌以外的东西，我爱我！我也爱你！

藏香飘逸，佛歌悠然，我很深地感叹在我自己

国里，纵然江湖太多薄情，我永远能深情地活着！

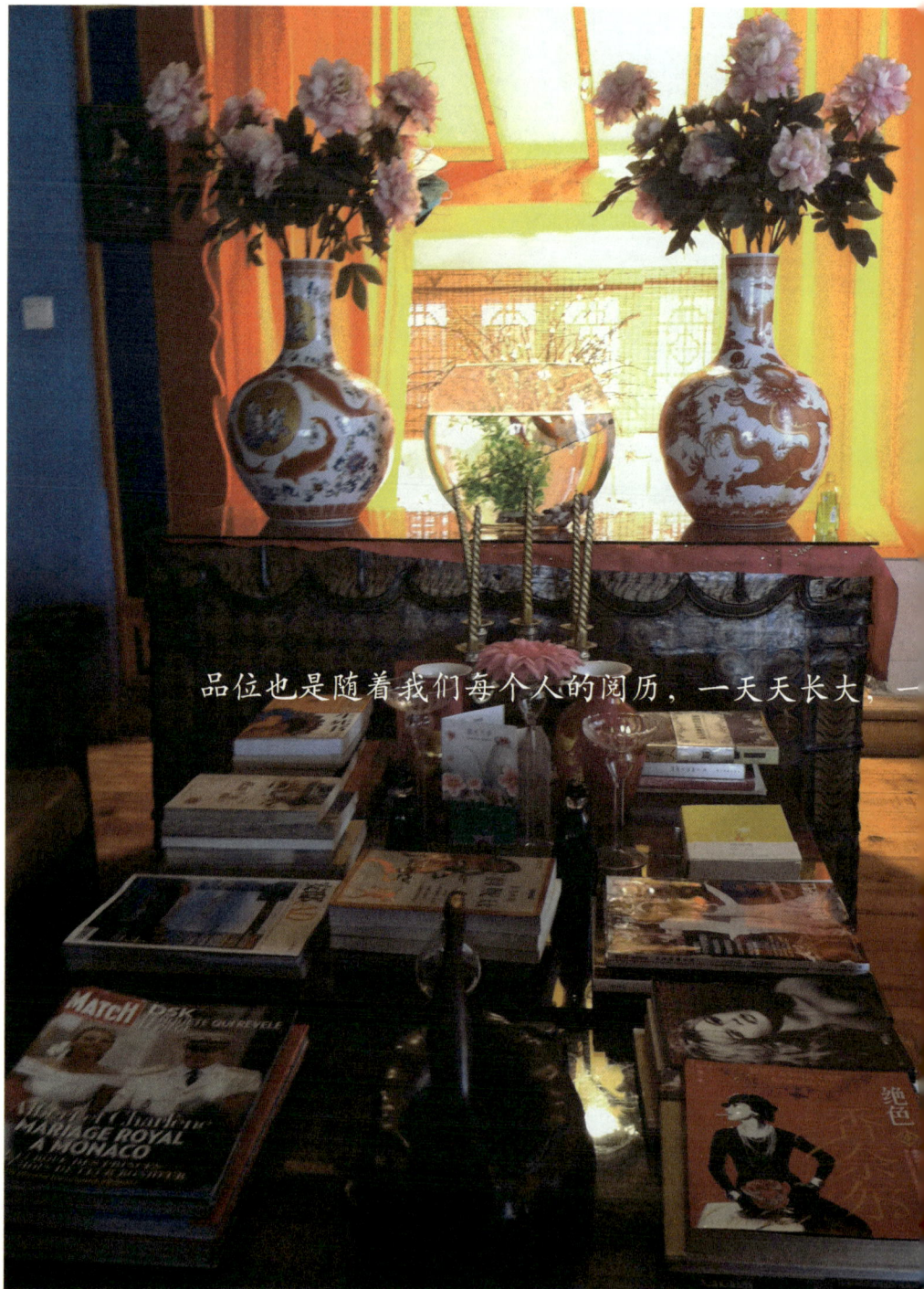

品位也是随着我们每个人的阅历，一天天长大，一

一天天吸收，最后把它变成自己的一种风格。

杂志上说的，电视上看的，都是别人的风格，吸取别人

加上自己的聪明，创造出自己的一种品位。

丽江的娜姆花房，真的算得上是丽江城最香艳的花房。

重悟淡然心和纯净心是我不丹王国之行的最大收获，也是我※

力量。

不丹园，我前世的王国！愿来世能回去，安然地住下来，每

然的歌，喜悦深情地生活。

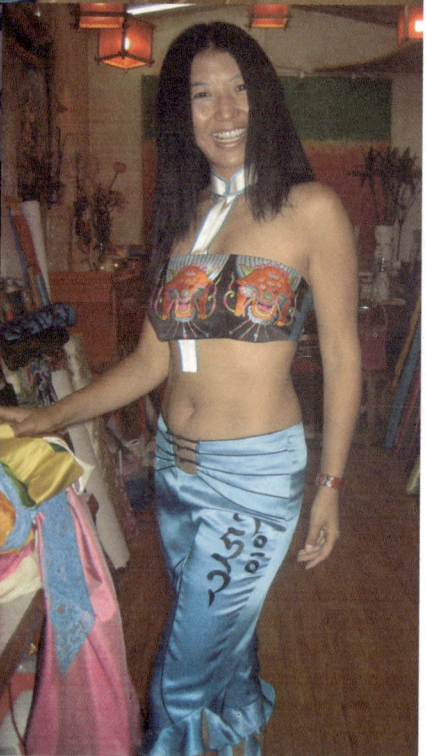

东方
RED
亮 MOON

我在生日party上，正在切开这个独特的生日蛋糕。

外国友人穿着我家乡的民族服饰，我很自豪。

宾立克发廊首席发型师凯基琳

人生必需品

necessary
of life

190

慈善 *beneficence*

我们今天的女孩子，有一份很好的工作，有一个很可爱的公寓，有几个很好的女朋友，一年可以出去旅游几次，手机里面存着几个心仪男孩子的电话号码，自己身体健康，衣柜里面也很时尚，生活也就算是满意了。这一切都是你的能力创造出来的。一个人有了能力以后就必须要做善事，这是你的福报，如果下一辈子你还要有同样的福报，如果下辈子你还要有这样满意的人生，你就要做慈善。

一个人，尤其是我们快活到40岁的女人，经历多少也算是丰富，多少也明白了生活的一些本质的东西，很多事情也很难放得下，很多事情也懂得怎样去尽情地绽放。

我自己因为从小出生的环境和生活的背景都是很艰苦的，我一路走到今天，是受到了很多人的帮助，都是别人在岸上拉了我一把以后，我一步一个脚印地走到了今天的这个场面。我心里有着很多的感激，所以我知道当我们上岸以后，再把手伸下去再拉一个人上岸的时候，是可以帮助一个人改变一生命运的。我们中很多人常常有很多的抱怨，常常有很多的怨天尤人，常常有很多的不满足。有的人他们什么都有，可是他们没有爱，也不给别人爱，所以怎么会有别人来给他爱呢？

我身上有一个好的地方，是我一直很满意自己的，就是我从来都会和身边的人相处得很融洽。在旧金山的日子，我可以是首富家里的座上宾，也有可能在星期天的早上买两杯咖啡，一杯送给路边的黑人乞丐，跟他聊会儿天，一起喝杯咖啡。如果有好的东西，我只要有多一份，我想都不会想的就会把它给另外的人。这么多年这个习惯一直这样，实在是因为在从家乡走出来的路上，我得到过太多人的帮助，太多人的慈善，太多人温暖的手。

　　我见过很多非常富有的人，但是"慈善"和"帮助"这几个词，却永远都不会触动他们的神经。当你在他们的身边提到"慈善"这个词的时候，他们好像一副听不懂的样子，这是很可惜的。因为你的福报，你拥有了这一切，这一切的光亮和福报，你只要给别人一点点，就可以让一个人马上灿烂。

　　今天，我们应该做的最时尚的一件事，就是去帮助身边的人，就是要走出去，走出我们的大城市，走到我们的祖国大地的每一个角落，不用去比较，只要去看他们，去看他们的生命。

公益 *commonweal*

　　活得漂亮的女人，就是活得很清楚的女人。

　　事业成功以外，经济收入稳定后的生活，就是要有一颗善良和给予的心。女人不善良，不懂给予，整天贪恋索取、自私，你穿再多名牌衣服，五官长得多美丽，你的漂亮也只是昙花一现！我们做女人最美丽的一点，就是给予时的一种慈悲心，这是最能感动人的，是最能让男人、亲人、友人泪湿、感动，敬你一辈子的。

　　回来北京已快3年的时间了，看到身边有太多五官美丽的女人，她们活在五花八门的时尚、物质生活里面，面上和心里的那种贪心的样子，我看得心是疼的。

　　可以花15万元在名牌店里买个包，还不到半天，脸就因为心里的不快乐而僵硬在那里，眼睛里一点光泽都没有。我再一次坐在这样女人对面的时候，我想这么有钱的生活，她居然有本事把它活得这么不快乐，这么不漂亮！试想一下，你带着一堆钱去名牌店里，对你说好话、拍马屁、羡慕你的也就是店里几个服务员，谁知道这些女生是不是还没等到你走到店外面，就在心里嘀咕着，"有什么了不起，钱又不是自己挣来的。"

如果这些上万元的包，拿其中一个去献给一个边区的小学校，把钱放到那些一学期只因为缺45元钱就不能去上学的孩子的手里，那他们从心底深处对你流露的感激心和崇敬心是多么真诚！在这样的眼光中感受你的成就感和福报心，是多么愉快的一件事，女人在给予的时候散发出来的那种漂亮，有时候是语言都没法形容的！

一个红得发紫的歌星，拥有着全国人民的喜爱，却将全部身心放在一个有缘无份的男人身上，强扭的瓜不甜，自己赚钱，赔人，赔身体，结果自己活得很不漂亮，这是一件很可怜的事。

人，只要是人，就要不断地学习。学习的就是要不让烦恼留下，学习的就是要做对自己划算的事，顿悟才是觉悟，你的迷悟忧伤着全国人民的心情。可恶的八卦记者，连一个女人怀孕时都不给清静，这是很可怜的事！试想，这样的女人如果有她的福报，顿悟了，将身心交给这个爱她、捧她的祖国，如果把给予这么一个不领情面、辜负她的男人的钱财，用在祖国边远山区的学校、教育、医疗工程里，她的福报是多么的厚重！有了福报，好的男人、甜美的爱情就会降落在她的身上，不学会顿悟，是女人不漂亮的原因！

一个女人，一个手捧鲜花的女人，当你把花送给别人的时候，把花香留在别人的心里的时候，你在别人的眼里，在自己的心里，都会感受到这是多么美好。

漂亮的女人，因为要有漂亮的人生，大部分的人都在很辛苦地工作着。我们的慈悲心，不是要让你放下你拥有的一切物质生活，也不是要来掏空你的钱包，而仅仅只是在你吃饱后少吃一口，同时把这一口送到身边正在饥渴中的人的手里。给予他们以重生，你会得到赞美，得到赞美的女人，就会变得漂亮。

我很喜欢杰奎琳夫人，读她的一生，刚开始被她的衣服吸引，后来羡慕她先嫁给一个总统，后来，总统死了，她又另嫁给一个全世界最有钱的男人。后来我收集了很多她的生活片段，慢慢地读完，慢慢地就不再羡慕她了。发现她聪明过人，非常智慧，很勤奋，很美丽，但她很少真正为穷苦人做慈善事业，就算她去了印度，看到那里的贫穷，她仍旧穿戴美丽、华贵，而并非是想为当地建一所学校或是医院，以她的势力、影响力，这只是小菜一碟，但我意外地发现，她并没有这个心情。她多年的公益事业，都是由于她有兴趣建立为她先生留名的事情。她在物质上过了值得的一生，在她满足地闭上双眼时，她最心爱的帅哥儿子，就没有她妈妈那样的福报了，婚姻不幸福，大好年华遭遇坠机，妈妈要是把留给她儿子这么多钱的一小部分捐给穷人，积德行善，儿子的命运也许是另外的一页！

我们每一个人都有自己的福报，我们的福报也决定了我们人生是否漂亮。所以，活得漂亮的女人，第一，就是要学会行善。

健康 *health*

我在故乡泸沽湖的艺术博物馆工程快结束时，回来北京休息赶稿。

有一天和一个女朋友喝咖啡，女朋友像看外星人一样盯了我半天。我以为她在看我在赶工程时被高原太阳晒出的黑斑，反正皮肤够黑够糟，和她刚生完小孩被各种营养品养育得像一颗白白胖胖的珍珠相比，我就像是一棵泸沽湖里长出来的黑土豆！

我的人生，一会儿风花雪月，一会儿暴风烈日，我早已习惯了旁人包括友人对我的各种惊讶表情。

有一次在工地上，一个人站在几米高的木梯上捂着毛巾，脸朝天地对着天花板刷油漆。大概干了40分钟，往下一看，只见大厅里来了几十个我的读者，大老远来看我，见我完全没有了在各种大时尚派对里的美丽模样，而是满脸满头都是各种颜色的油漆，她们有人流泪了，她们说，做梦都没想到我会亲自这样用手干活。我说，你们看我的书，当然也要明白，只做一种类型的女人，不是我娜姆想做的女人。

我知道，我一头人见人爱的黑色长发在高原烈日和油漆的破坏下严重干燥，我必须剪掉，再重新长一头健康的头发，所以我要忍痛割爱，为了未来有健康的头发！

盯着我的脸看了半天的女友，终于说话了，你皮肤太干，眼睛有黑眼圈，气色太暗！应该吃些营养保健产品。朋友跟我夸了半天她吃营养品的种种变化，我当然知道自己的身体正缺少什么，我当然心动。

第二天晚上，两位卖保健品的小姐就坐到我家客厅里了，口齿伶俐地给我介绍了各种我必须服用的产品，好像我再不用这些产品，我的身体就要瓦解了一样。三个女人一台戏，一会儿就聊到乳房方面去了，不小心，我已经躺在床上，一位说她是医生的女生已经开始有模有样地在我的身体上摸动着。在摸动的过程中，她说了一句，我还是第一次摸名人的身体！这突然让我有一种被性骚扰的感觉，还好，她双手一板，说，你应该挺健康的，你应该没事。

她的产品中，我买了我最需要的维它命C。其他的，也碍于人情，买了一些，到今天仍摆在柜子里。我们每个人都不是完人，对自己不熟悉的东西，尤其是关于自己寿命的知识，我们经常感到六神无主。所以，医生说什么都害怕，算命的说什么都容易当真并且迷信，推销营养品的人说什么都通通买下！

等静下心来好好想想，也觉得可笑。怕什么呀，健康的身体，是从心开始，就像一棵树，一枝花，是从根开始！所以，要有一个健康的身体就是先要有个健康的心态，对事、对物有一种平常的世界观。心眼别邪，做人不要见钱眼开，嫉妒心不要太强，否则它们就是你拥有一个健康心态的毒药，多少人就是因为欲望而葬送了自己的健康，多少人又是因为盲目的乱吃营养品而物极必反！所以，我建议，你决定买营养保健品时去真正的医院，搞清楚自己身体真正缺什么，再去购买，千万别听什么好就乱买一堆吃，给人感觉你好像很热爱生活，很保护自己，但盲目追随潮流，身体越补越坏，也奈何不得！

我喜欢走路，我喜欢去有干净空气的地方；我爱吃，但我不多吃；我爱喝，但不过量；我爱穿，但不让自己身体受累；我爱钱，但欲望不大。所以，我觉得我头脑清醒，身体轻松，物欲平衡！这样的心态，让生活没有阴影，心态健康了，身体也就健康了！

我的朋友说我前世不是马就是牛变的，我太爱吃青菜、土豆、豆腐、小麦、苹果，常吃这样的食物，就是最简单的保健方式。越简单的东西经常是最真纯的东西。你说呢？

挫折 *frustration*

人的一生，经历才是财富，我是很迷信这句话的！

也真的是，快要40岁的我，如果有一天再要写回忆录，我想过第一句一定会写"我过了值得的一生"。

虽然，每个人的生活目的不同，要的东西不一样，但我仍然还是很固执地认为，人活一世，就是为了经历一生，经历不同内容，好的、坏的、甜的、辣的、苦的、咸的、幸运的、不幸运的，你是在用自己这个不可能长到两米的身体经历着，感受着，顺便也享受着！

对我来说，当我遭遇挫折时，我常常在心里对自己说一句话，就是遭遇拒绝也造就了我的顽强。我生命里最会不上当的一件事，就是听别人的流言来影响自己生活目标和生活信念。我听别人说什么，自己就在心里做功课，是否说得有道理？有，改！没有，一听就过！

我们生活中最大的挫败感，很多时候是太在乎别人的抵毁、恶言、攻击，这些语言会让你觉得人生好无望，我已经受伤了，还在我的伤口上涂盐巴，人生真是无望、可怕！别人这么做，你也跟着上当，这么悲观地想，你的挫折感就会升级两倍。有时候，你得这样想，人生是很苦难的。每个人无所谓什么人种、肤色、民族，在每一天的生活中都有着很多的无奈，穷有穷的烦恼，富有富的烦恼，嘴巴又却长在别人的脸上，控制不了。

10个指头不一样齐，10个人就会有10个心眼去看事物。有时的攻击、是非并非针对你，而只是用这种方式来释放他自己的一种欲望、一种失望、一种吃不到葡萄就说葡萄酸的心态！当然也有一种是想故意打搅你心境的人。所以，我们做人，经常清洗自己的心，打扫自己的灵魂，不做亏心事，不怕鬼敲门，对自己不了解的事、不清楚的是非，少乱说话，这叫积口德。积口德的人，年龄大了，拔牙齿时候的疼痛都会轻得多！

挫折在每个人身上多多少少都有发生，这就是生活，而我们一定要小心在遇到挫折的同时还要接受别人的闲言碎语，所以，学会听话、品话，是可以帮助你看开看清楚很多事情的对与错。

我的艺术博物馆是怎么建成的呢？我先好心好意回家盖房子，请我爱的人来住，结果却让我先丢了我7年的家、7年的爱人，后来在工程中又因为交友不慎，被人落井下石，4年时间我在经济上丢了西瓜捡了芝麻，生活中没有办法好好心疼自己。但当自己战胜挫折，看着自己这件建筑作品那么有力、深沉地伏在半山腰上，俯视着泸沽湖的全景，黄昏时万丈阳光把屋子染成一片金黄。我这颗疲倦的心还是有了巨大的安慰。

太阳出来了，阳光照在我的身上，我会抽完一支烟，想着我们都有交友不慎的时候，但你只要坚持下来了，你便可以为人类留下一件作品。你只要坚持，成功与否，对自己的心都有一个交待，这才是重要的。

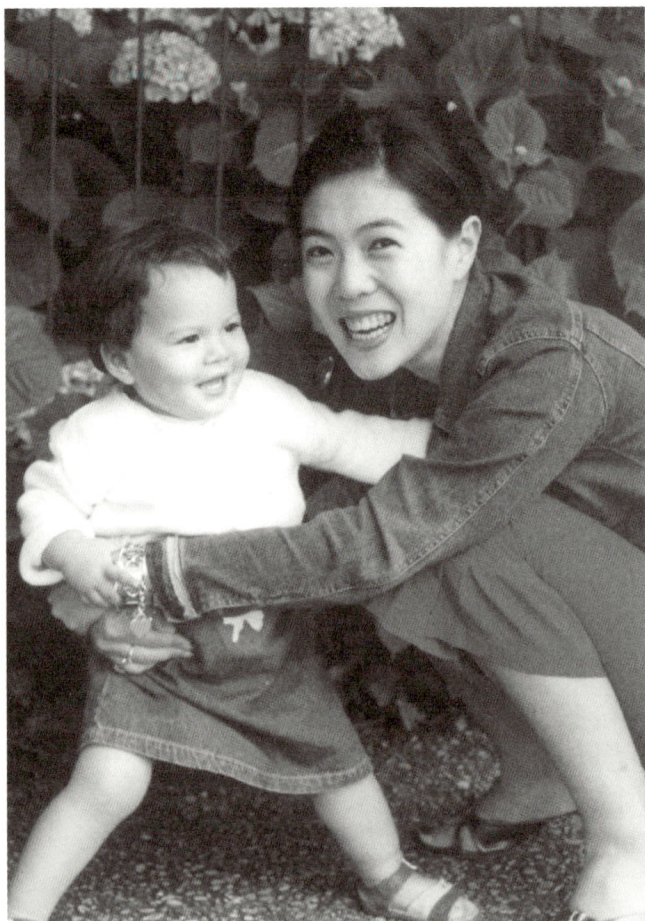

简单关系

"Hi，娜姆！"

"Hi，苏芒！"

没有铺垫没有寒暄，从不用联络感情，有事说事绝无抒情拖沓，这就是我和娜姆之间的友谊和关系。

"什么是朋友呢？"就像鲁豫在过生日那天说的一样，真正的朋友就是不管多久不见，一见便如同昨天才见过，没有丝毫的生疏之感。她说得真的很好，在今天的这个时代，还有谁能够拥有时刻相伴的朋友呢？哪怕是个男人，也决不会时刻伴你左右。但是，总有一些人，你会莫名其妙地喜欢她，仿佛一见如故，即便相交不深，却仿佛相知甚深，我对娜姆就是这样的感觉。

四年前的一天，我第一次接到她的电话。是为在北京餐馆打工的藏族女孩募捐冬衣，她语调热闹欢快，说起餐馆里女孩手上的冻疮也没有一丝一毫的煽情悲凉。我至今记得她说的话："你一定有不穿的过时的冬装吧，咱们都拿出来给她们吧，她们一个月就挣几百块钱，才不舍得买过冬的羽绒服，怎么样，没问题吧？"那欣然替你做主、没商量的口吻，在一分钟内把话讲了办完的劲儿，立时就把同样性情的我搞定。我欢欣鼓舞地把不穿的或者将要不穿的棉衣都给她送了去，又立即接到她大力肯定和赞扬的电话，原来那无心为之的小事，真的像她表扬得那么好吗？雪中送炭真的比锦上添花更重要吗？

从那一刻开始，我不知为何喜欢上了她，她跑到我办公室，给我送来老家贫困孩子的照片："你挑一个吧，一年400元寄过去，我们少买一件衣服，他们可以读一年学校。"同样，没商量，我立刻汇钱过去，我从她那里，发现了原来自己也可以帮助别人，不刻意不在意却同样的真心实意。

娜姆给了我一条路，给我和我的心灵，我和我的杂志，原来那些执迷于心中的东西慢慢清晰起来，我们一直追求宣扬的美和时尚，真的可以不止是外表，你美丽张扬的外表下面，可以同样有一颗善良而高贵的心灵。你既无须为了突出高贵的心灵而放弃时尚的外表，也无须怕美丽的样貌遮蔽你淳朴的内心。

2003年，在娜姆、那英的启发和我们同事们的努力下，《时尚芭莎》杂志在全国首个策划发起了"ＢＡＺＡＡＲ明星慈善夜"，从ＳＡＲＳ过后那个雨夜起，我们已经连续10年举办了这个集时尚、慈善、明星力量的慈善晚会，已成为被数千家中外媒体报道，被称之为"中国最具影响力的慈善晚会"——"让慈善成为时尚！"这个口号正成为被社会公认的时代声音，而我，在每一年里，面对各种问题和挑战，始终坚定地带领大家亲力亲为地办下去，无论多少误解和置疑，我始终相信，人，难道心里只能想到自己吗？我们一生所受到的教育、关爱和支持，我们一生所付出的努力、牺牲和爱，难道只是为了自己舒适快乐的生活吗？有没有想过可以将生活的意义放大一些呢？慈善，是一种将爱给予别人的快乐，将自己人生的意义变得更美好更广大的方式。

因为慈善，每一年，我都认识了更多的"娜姆"，她们像我一样的爱美，追求事业生活甚至爱情上的完美，她们同样会有失落挫折，但却从不言弃，但是她们身上总有那么一点点还未被现实吞没的纯真理想，愿意帮助别人，愿意为他人着想，哪怕只是一点点的温暖，在那个需要的人的心里，就有可能化作美好的信念和力量。

一个穷困的人，从比尔·盖茨手里接过的10美元，和他在路边捡到的有什么不同吗？当然有，那里有两个人以及人与人之间的感情啊……

从娜姆那里，我学到了很多，就像诺贝尔世界和平奖的获奖人特瑞莎嬷嬷说的："我的话里永远带着鼓励。"她总是鼓励我去做慈善，总是鼓励别人，说她做得好做得对。我每每听到娜姆说，我在给家乡盖学校呢，我回家给我妈妈盖房子呢，心里就想对那些只看着她风流万千穿着露脐装的人说，你知道吗？懂得欣赏这世界上美好的一切吧，你的心灵也会因此变得更美好。

后面是我在2003年6月《时尚芭莎》"让慈善成为时尚"那期里，写下的卷首语，拿来见证我和娜姆之间那份简单而美好的关系。

慈善，到底是谁需要谁

我认识这样一个女子，她敢说又敢做，敢穿又敢秀，她够风光又够风流，能一气闭门写上3天，也能夜夜笙歌跳到天明。喜欢她的人和不喜欢她的人几乎一样多，而且程度同样强烈。我呢？开始时也只当她和其他的漂亮人儿一样，可不是吗？城市里又美又成功的魅惑女郎到处都是，她们不屑于比钻戒名牌，更不屑于比老公情人，但对自己的事业和品位却各个较劲儿得很。直到有一天，天寒地冻的，这位陌生的小姐给我打电话，用又熟又热闹的口气，向我募捐冬衣。冬衣是给她家旁边藏族餐馆里打工的藏族姑娘们，她们手上的裂痕令她想起自己儿时的冻疮。她说得一点也不悲凉，不婉转，快快乐乐地就把事儿给办了。我一直没有看见，藏族姑娘们穿着时髦冬装的样子，但却因为她的缘故，高高兴兴地结识了这样一批女子：一个有名的歌星，隐姓埋名地背着朋友们凑的十几万，去抚顺帮助一个遭歹徒强暴的女孩；一个时装设计师，在事业的迷茫中因为偶然照顾一个绝症女孩，从而投身于红十字会的慈善事业；还有刚才说的这位，拼命写书赚钱，好回家乡建小学。

这些女人走在街上，各个好不漂亮风光，她们也爱花钱，也爱做秀，也十分热爱自己的事业，但自从我知道了她们的故事，心里就觉得真是欢喜。为什么呢？我会觉得她们如此不一样呢？甚至追根究底，连她们自己也不知什么是"慈善的动机"。她们没有觉得这份行动有什么了不起，到底给了别人多少帮助和欢喜。倒是觉得，能够这样做，自己感到的快乐和充实，更加真实可靠。

我由衷地欣赏和感叹，多少人苦苦纠缠在自我的感情、生活的选择中不能自拔，更有人是那么的才华出众，上天宠爱，但是当他站在事业的颠峰，环顾四周，却只感到孤独和凄惶，只好飞身跳下，用杰出的姿态结束自己不平凡的生命。多么令人惋惜，为什么心里只想到自己呢？我们一生所受到的教育、关爱、和支持，我们一生所付出的努力、牺牲、和爱，难道只是为了自己舒适快乐的生活吗？有没有想过可以将生活的意义放大一些呢？

　　在一些非常有钱有名的人中，多少人富贵浮云，过眼云烟。但却总有些心地高贵的人，用自己的心和自己的优势，发起很多慈善活动，帮助世人的同时，更为自己找寻到人生的意义。心地狭隘的人会觉得别人在炒作，可是像黛安娜王妃、奥黛丽·赫本，你认为她们需要炒作吗？其实我们普通人中，又有多少人在默默地用自己的能力，向社会奉献着慈善的爱心呢？倒不一定是我们辛辛苦苦赚来的钱，能够帮助多少人的事，而是像西方谚语中所说："你的心有多大，你的世界就会有多大。"

　　"爱是恒久忍耐；
　　还有恩慈良善；
　　爱是永远守护、永远相信、永远希望，
　　爱是永远坚持到底……"

　　这是《圣经》中关于爱的定义，是啊，人性中的"恩慈""良善"，很难说清，就像慈善这件事，到底是我们为了别人？还是为了给自己的生命更多的理由和意义？

《时尚芭莎》杂志执行出版人兼主编　苏芒

三毛——我珍惜的女人 *Echo——the woman I admire*

大早，北京的女友就来电话，"网上说三毛的自传要出了，你在丽江买不到，我到时从北京快递给你哈！"

三毛的书，我每个家里都有，很习惯每次闲时，在一屋子的藏香中，读几页她的字，想想她，跟她说声"哈喽"。

看三毛的书，是我学汉语的启蒙时期最大的动力。

80年代的大学校园里，很难买到她的书，她的那本《撒哈拉沙漠》是我们11个同学轮流用手抄下来互相传阅的。

记不得有多少个在学校规定11点钟宿舍要关灯的夜晚里，我一个人坐在楼道的地上，一遍遍读着书中梦幻般的沙漠，读着这个台湾女人的足迹！读着，想着，这个世界还有这么一种活法！人并不需要一个固定的单位或组织，才能存活于这个世界。活出自我，忠实于自我，淋漓尽致地绽放自己的心灵，是我从她书中悟出来的，我很庆幸自己找到了知音。

那时候，就在心里决定了要好好喜欢这个女人，好好珍惜这个女人，好好忠诚于这个女人，也要好好保护书中这个女人！我是不会模仿她的，也并不喜欢别人说我像她，她是在台北喝豆浆、吃油条长大的，外加一把黄沙。而我是在高原吃酥油糌粑长大的，外加一身豹纹皮草。我们在不同的世界里长大，我有的只是一份对她的欣赏和心痛，感激她的书给我指了一条不同于其他同学的路。

宿舍里，汉族女同学看我这般喜欢她，就指着三毛照片说，三毛长得一点也不好看，你干嘛这么喜欢她。我说女人长得漂亮，不如活得漂亮！很不喜欢女同学用不漂亮来否定这个我喜欢的女人的那种不看人脸色，浪迹天涯，与人为善的活法。

我干脆坐飞机去北京的沙滩后面买齐了她当时全部的书，回学校在宿舍里出租给同学看，第一个月的租书钱，为我赚回来了机票钱，第二个月的租书钱，帮我赚了一辆自行车，第三个月的租书钱，我跑去苏州买了一堆丝绸布自己给自己做衣服穿。那时候的三毛是我的摇钱树。

每天回宿舍，看同学都在抱着她的书静静地看，我心里充满了喜悦和满足感！喜欢一个人，就要捍卫她。

我像用汤勺喂食一样，往人们的心里一勺一勺地灌进去，这个女人是值得你喜欢的汤水。

十几年过去，一次从美国去深圳参加活动，结识了摄影师肖全，得到了一套他在成都街头为三毛拍的照片，那套照片闻得出她内心的寂寞和一丝阴气，所以，后来听说她自杀的消息，也没有太过悲伤！心想，她去天堂和荷西相聚总比住在台北那么物质的环境里，被别人指指点点要更自在。

在台北车水马龙的霓虹灯下，三毛的麻花辫、粗布衣裙是太另类了，中国男人会不太敢接近她，有的也只是一份对她才气的欣赏而已。

如果她继续住在巴黎、德国、西班牙，她也许会有另一种生活。因为，她在西方男人的眼中，是一位很有魅力的女人！

住在台湾，除了亲人和亲情以外，我想，她内心常常是寂寞的。

不太记得了，大概是2002年，我从瑞士回北京，习惯去德国使馆附近的一家超市买食物。快入秋的中午，是北京城最美好的季节，金黄的阳光、金黄的落叶，我一头长发，一身红与黑的纱衣，怀抱了一根法国长面包和一包奶制品，在温暖的阳光中，慢慢抽着烟，悠悠往家走。

突然，前面一辆使馆车牌的车从我身边开过去，一会儿又调头转了回来，重看了我一遍！我在西方的受注力，自己心中多少有些数，所以，习惯了车调头回来结识我的艳遇。

很巧，下午两位媒体女生来家喝下午茶，她说下午刚去德国使馆采访了德国驻华大使，是三毛以前的男友，当时三毛和他在墨西哥住过。第二天，我便去了德国使馆，想认识一下大使先生，想从一个真正和三毛生活过的男人那里知道一下这个自己喜欢了这么久的女人。

大使先生说，我昨天在街上见过你。我笑了，说我看见你的车调头过来看过我一眼，我让你似曾相识了吗？

大使先生邀请我在使馆的大使住宅用晚餐。大使现在的夫人是一位教师，后来跟他来了中国，这几天回国度假去了。大使先生几杯红酒下去后，慢慢给我讲起了他们的故事，他对三毛的美言美语听得我心花怒放！真正有格调的男人，是不会讲已经分手后的女人的坏话的！这是一种风度、教养和肚量！大使先生最后很可爱地请我去他的书房，在一台很老很旧的唱片机的机芯里掏出来一包包了又包的东西，一样样拿出来，是三毛当时和他在一起的私房照片，有三毛穿泳装的，也有三毛穿中式绣花大睡衣的，还有一幅三毛赠送给他的画，好像画的是桃树！中国画的功底加上三毛的浪漫情怀，树上桃子的尖儿，粉艳得像一个处女的乳头！让人流口水！

一个受人尊重的大使先生，在每过五年要换一个国家的书房里的唱片机芯里，一直很小心地藏着对一个女人的深情浓意，样子是很让人心疼的。

我一面好欣赏大使先生的小男生似的痴情不改的调调，也在心里惊叹原来夫妻之间，是会各有各的秘密的。也许女人藏的是私房钱，男人藏的是那份永远都得不到的爱！走出大使的住宅，在深秋的夜晚，走在北京的街头，想着三毛真的很可爱，这么早就懂得穿亚洲风情的衣服，能这么让一个男人在心里藏着、爱着，这么久。我心里挺为三毛感到值得的。大使先生说，这是他最后一次讲到三毛，因为她已经去天堂了，我们还是给她一份安静吧。

有一天在《半边天》主持人张越家里做客，看到她家里书桌上一本歪曲诋毁三毛的书，一个叫什么马什么东西的男人，一边叫嚣着要揭露三毛的真相，给世人一个真实，并不是为了自己出名，一边又在书里放了一张自己的全裸照！那一副台湾汉族男人苍白得像死鱼肚皮那么不健康的松垮垮的白肉，都有本事拿出来放在自己书里，却骂别人自恋，对这样的男人，我充满了很深的厌恶。一个有品德的人是不会去骂一个逝去的人的，一个根本懂不起她的人，自以为是地写一个他生前拼命巴结、死后拼命踩压诋毁的女人。

　　当天晚上，开了一辆使馆的车，去了北京三家书店，把店里所有的那本书全买了，在三里屯的外交公寓家的后院里，烧掉这一堆垃圾书，不希望别的读者有机会看到这些垃圾，脏了眼睛。

　　爱一个人，捍卫她，才是真爱！

我的生命狂想 *my life wishes*

去年，法国的费加罗报纸曾经写过一份关于我的文章：《中国的麦当娜和修女特瑞莎嬷嬷的混合体》，这个称呼我是很喜欢的。我的一生也有意识无意识地过成了这样。

麦当娜的生活代表的是时尚、大胆、前卫、叛逆、我行我素、强势、不卑不亢、女人身男人心、丝袜、蕾丝、香槟、派对、帅哥、美女、美食、珠宝……我身体的一半是非常热衷于这样的一份奢华生活的，但我身体的另一半，又是非常深地热衷于像修女特瑞莎嬷嬷一样，把自己生命的每一天，都奉献给全世界需要帮助的人、贫苦的人、很穷很穷的人。

当然，我是没有办法和修女特瑞莎嬷嬷去比较的，我的能量没有办法像她那么大，我的爱心无法比她伟大，我的物质欲望根本做不到如她那么清淡。

她获诺贝尔奖的发言辞和脸上那坚定和从容的神态，我无数次捧着面颊，无限崇敬地看了一遍又一遍，狂想着有一天，我也有机会可以穿上一身自己民族的服装，为我的国家，为我的族人，捧回来一个诺贝尔和平奖。我一直这么狂想着。

修女特瑞莎是我生命中的一盏亮灯，她的光芒照着我，指引着我，我追随着她。只是我实在是没有办法有她老人家那样的定力。我常常走到一半，就会被橱窗里粉红色的高跟鞋迷住，走不动路，忘记了执着，忘记了我该前行的路。

被目光犀利的人把我写成是这两位女人的混合体，刚开始真的面热，觉得自己很没有出息。但事实上，我的这个身体混合着的这两股能量，经历了这43年生命路程的沉淀，还真的有本事做到了混合融洽，相处平和。红花，绿花，各领了一半风骚，一个都少不了，非常完美地结伴走到了今天，成就了我希望过的一份圆满的生活。

这就是为什么我很感激我的生活、我的命、我的一切福报的原因。学会感谢自己的命，是我们每一天保持快乐心情的秘方。生命是苦难的，生命是短暂的，学会感谢我们的生命，就会活得轻松很多。

这几天，北京阳光明媚，喜欢把走路、逛街当做减肥运动的我，走在路上，突然听见有人用摩梭语叫我姐姐的声音，惊喜中发现这些皮肤细腻、身穿现代装的姑娘们，是我们泸沽湖出来打工的摩梭妹妹们。

一打听，在北京有近20个我们摩梭的少男少女。我们摩梭的母系大家庭里，从小就很注重教育，孩子们尊老爱幼，每一个摩梭的孩子，从小就得到足够的爱，虽然，物质贫困一点，但人格上从来都成长得很干净，很单纯，很善良，不卑不亢。

只要是我们出来打工的摩梭孩子，口碑都很好。这跟我们的家教和藏传佛教的信仰，是有很大关系的。有这样的好名声，让我这个当姐姐的非常喜悦，并为此骄傲，毕竟她们都是跟着我的脚印出来的。我这匹带头马，虽然称不上完美，但头还是开得很有震撼力的。

摩梭人很不容易，地处山的尽头，虽然风景美得如神仙居住的地方，但一个民族住在同一个湖边，却分两个省来管理，一半属于四川的凉山管，一半属于云南的丽江管。

摩梭族信奉藏传佛教，也有一部分蒙古的血统，在56个民族里也不算一个族，我们就称自己是摩梭族人，也活到了今天。不计较是我们摩梭人最聪明、最可爱的品行。

有时候，生命中为族称，为边界，为信仰，打得鸡飞狗跳，甚至赔上性命，引发战争，结下仇恨。我认为都是不划算的。

我从来都很主张百花齐放，百家争鸣。我们藏传佛教的一位大智者多识活佛就在他的书里写过一句"在牛的眼里，再美的花都是草"，他们家有一位办藏人文化网站、会写诗的哥哥，也说过一句"在贼的眼里，满街都是贼"。如果我们不去当贼的话，每一个国家、人种、民族、宗教，在我们的眼里就会像一朵花一样美好、养眼。

包容不同文化是一个人的美德，也是愿意给这个世界奉献人间美景的品德。美好的人间风景，会营造一股良好的气场，人与人之间流动的都是良好、友善、平和的气场，我们的生命中就会少去很多的战争、流血、家破人亡和仇恨。

我喜欢一切能营造良好气场的人和事物，我们每个人的心都会有浮躁、迷茫和困苦的时候，健康良好的气场就会像是清晨在森林中漫步，沐浴到心身里的都是干净和健康的空气。

　　那天夜晚，在活动现场碰到子怡和苏芒，她们一起举杯祝我生日快乐，也聊起时尚集团的吴宏先生的英年早逝，我们都感叹生命的短暂和强调珍惜生命的每一天，人生苦短，开心最重要。

今天，我们应该做的最时尚的一件事，就是去帮助身边的人，就是要走出去，走出我们的大城市，走到我们的祖国大地的每一个角落，不用去比较，只要去看他们，去看他们的生命。

Tips

香水

香水的使用我相信很多时尚杂志上都有介绍。

香水在沐浴后使用最佳，用量要少，仅在手腕、太阳穴或手肘处涂抹即可。如果是喷式的，最好不要直接喷在身上，可先喷在手帕上再擦到上述部位，或者在自己站立的前方空气中喷洒后，再走进香水雾中，让香水雾均匀地落在身上。有一点要记住，涂抹香水的最佳时间为出门前30分钟左右。我有一个自己的小方法，就是洗澡后在干净的内裤上喷一点，那种自然散发出来的香味很迷人，你也试试吧！

服装

穿衣服是一门学问，但也不是很复杂，每个人都有自己的方式和爱好。

我有一些建议，搭配服装的时候，一般都是贵的和便宜的相配，一身名牌有时候并不好看；在颜色上，最好用鲜艳的颜色来搭配沉闷的颜色；还有就是好衣服一定要舍得去干洗店干洗。

前几天去一个女朋友家，看见她的沙发乱七八糟堆着她的衣服，我说"你怎么把衣服弄得像垃圾一样？"她说"看着我就烦，这些衣服我都不想要了。"

趁着她去洗澡的工夫，我把她乱扔的衣服给叠好了，整整齐齐放在一起。她出来后，大吃一惊说"怎么好像在服装店里的一样！"结果她一件也没有舍得扔掉。

可见叠衣服多么重要，女人对待自己的衣服可要像对待自己的脸一样，要每天好好打理的。

我最近在上海被选为中国奢侈品的形象代言人,我本人虽然很喜欢名牌,但我更倾向我们中国自己的奢侈品牌。

我有件衣服是好朋友顾林设计的,两个月的绣工,姑娘们一针一线的细致,价格不菲。第一次问价,舌头吓出来3次,但细细看后,也觉得物有所值,这才是我们中国真正的奢侈品牌。在上海穿着这件衣服,为CEO们演讲,参加各种时尚party,对着这些老外夫人们的尖叫和无比羡慕的抚摸,心里的感觉当然很良好。

穿衣服其实是因人而异的,就像自己选择生活方式一样,不需要向人家学习,也不需要时装杂志的映照。名牌也不全是穿在你身上就一定美丽的。我喜欢的衣服是我自己穿得舒服,我甩得出来我自己风采的。

我上辈子一定是打猎出身,我特别喜欢皮毛和豹纹的东西。这可能是因为我们从小在山上长大,穿太多的牛皮、羊皮的关系。

过季的衣服也别随便送人。好好保护自己的衣服,潮流是来回转的,没过几年,说不定被你雪藏了几年的衣服又是潮流尖端的东西了。

有一条最简单最实用的法则:最简洁的搭配永远是顺眼的,同样色系的衣服搭配起来,怎么穿都不会难看。

皮肤

我是一个一向支持国货的人,我从小生活在高原,我的搽脸油就是妈妈每天打完酥油茶之后顺便挖一块给我涂在脸上。

现在每天在时尚圈里被各种各样的化妆品耀得我眼花缭乱，六神无主。现在在为一个很昂贵的美国奢侈品牌做明星使用者，我也是断断续续地用，心里也知道保护皮肤对我们一天天上年纪的女人来说是很重要的。

但我的急性子脾气可呆不住。做美容的时候，别的女孩子都嚷着：给我多做一会儿！我却总是着急：好了吗？快点！

虽然我性子急，但是有一点很重要，每天早晚清洁皮肤千万不可以马虎，如果在家里待着，就不要化妆，让皮肤好好休息。我要让我的脸和我身上的阿拉伯大袍子一样干净，只有出门的时候，在脸上涂一点粉霜和口红就好了。

一个女人最重要的就是干净，脸上的皮肤干净了，头上的头发干净了，就算脸上有几个小痘痘，别人也会宽容地想，这几天是她的"发情期"。

头发

我觉得洗发水和化妆品一样，并不是国外的品牌都适合我们中国人的脸和发质。

欧洲人的头发比较软，洗发的时候是用指腹摸的。我们中国人的头发比较厚，是要用手指抓一抓，挠一挠才过瘾。有一次在美国洗头，我被洗得越来越痒，我让给我洗头的小姐给我抓，可是她不敢，最后我只好自己洗开了。她看见我洗头的架势，眼睛直直的，说："要我给别人这样洗，抓破一点点，她不把我们店给告到破产才怪。"

有时候我们国内的中草药洗发水，还有用了很久的老品牌，比如蜂花的洗发水，都是我常用的。但由于我现在都在爱立克的发廊洗发，就用法国的牌子了，但是出门还是用"蜂花"，真的好用。

我们中国人的发质和脸型都是很有特点的，很精致，一般不用浓妆艳抹、刻意烫染就会很好看。每个女人都希望自己越来越有品位，化妆也喜欢往好看里打扮，可不能花时间花金钱往俗里打扮，可太不合算啦。

手指甲

我们女孩子走出来坐在人群中间，头发很干净，脸也很干净，淡妆恰到好处，衣服也很得体。手就是女人的第二张脸了，一定要爱手爱脚啊。

我每周都要去一次指甲店，无论多忙。我很惊讶有的女孩子把自己的手指甲画得五彩斑斓，甚至画上一座城堡、一棵树。

现在很多女孩子喜欢去做假指甲，做假指甲的时间很长，而且会对自己本身的指甲有着毁灭性的破坏。花了那么多时间那么多的钱却让自己本身健康的东西遭到破坏，这是不划算的事情。

有一次在美国，冰冷的天气，冲进一家快餐店，点了一份沙拉。一个黑人女孩把沙拉端来，我突然看见这个女孩子的手指甲有半个指头那么长，还是微微弯曲的，上面很多颜色和图案，最可怕的是她的指甲已经伸进了我的沙拉里。我感到胃里很不舒服，心不甘情不愿地付了8元钱。想到她的指甲在我的沙拉里已经转了一圈，我就怎么也吃不下去。

女孩子一定要保持指甲的干净。因为和女人接触，看了脸就是手，如果伸出来的手上的指甲油掉了一块，会很刺眼。这种情况就一定要把指甲油全部洗掉，重新涂上新的指甲油。

耳朵

我在南方一个发廊洗头，小姐问我：耳朵要洗吗？我很奇怪地问她：耳朵怎么洗呢？

她伸出她那巨长的小拇指的指甲，说：我帮你掏啊。

我一想到她那细长的指甲，要是断在我的耳朵里，我本来就只有一个耳朵听得见，那我可惨了。但是这件事提醒我们，耳朵也要清洁。

有一次，我接受了一个年轻漂亮的女记者的采访，采访结束的时候，她自然把头发往耳后一别，我看见了她的耳朵里满满的耳屎，还流着黄油，真的特别的刺眼。一瞬间，我对她的印象一下子由18层楼滑到了地下室。以后在时尚party上见面，我都不由自主地去看她的耳朵。

女孩子出门之前，3个地方最容易忽视，但是一定要注意干净，就是耳朵、鼻子和牙齿。

小包里随时带着一个镜子，及时查看，真是重要！重要！重要！所以切记！切记！切记！

家装

布置一个家我是很小心、很下功夫的。我要在家写作，很多时间在家待着，所以我的家要像我的人一样很漂亮，有很多颜色，很多花，很多浪漫的元素，很好听的音乐，很多件宽宽松松、大大咧咧的丝绸绣花衣服、很多书。所有的食品放在小玻璃罐子里，找什么一目了然。我一个人的时候不爱吃东西，所以厨房很少用。如果有能力最好自己给自己盖房子，那种感觉很有成就感的，如果不行的话，那就买了房子最好自己装。

自己装和工人吵吵闹闹，一点一滴，亲自关注，亲自动手，全部弄完后请狐朋狗友来玩，炫耀一下，大吐苦水的时候也有一份很深的自豪感。我个人还是主张中国人的房子还是多一点中国的元素。有中国元素的房子到底住着舒服多了，用惯了的东西还是最顺手的。家里有能力插鲜花，尽量用鲜花，我个人很不赞成家里摆满塑料花，会显得没有生气，不够鲜活。

护肤

我这个人没有耐心用化妆品，我在家写作的时候会往脸上喷水，看书的时候会往脸上贴黄瓜，有疙瘩的时候，我会用芦荟，国内有很多芦荟研制的东西，很好用。有时候名贵的化妆品不一定适合东方人。我经常见买很贵的化妆品的女人，皮肤也不比我好，其实越自然的东西越好使。

身材

人生在世，吃穿二字。吃字在前，中国的菜真好吃，忍着不吃太痛苦了。在吃上面我总是忍不住，但是我走路多。平时多走路，多锻炼，自然可以抵抗脂肪的堆积。

如果你实在太胖了，现在美容科技这么发达，偶尔去吸一下脂，去好的美容院打理一下也不是见不得人的。我不建议整容，但适当修饰自己是很有必要的。女人年纪大了，自然的东西我们抵抗不了。

首饰

我喜欢首饰。我以前很喜欢名贵的首饰。那时候做外交官夫人，我有很多钻石、珍珠、宝石的首饰，但我现在越来越不喜欢了。我现在喜欢特别大特别夸张很有爆发力的首饰。我容易丢东西，我的耳环经常没多久就剩一只，我的朋友取笑我，你可以就戴一只，现在时尚。戴一些印度、阿拉伯、西藏、拉丁的耳环，看起来很有味道，颜色也跳越，而且不太贵，丢了也不心疼。汉族女孩的细细的皮肤上戴上有异域情调的首饰，非常诱人，非常夺目。

鞋子

我就跟《欲望城市》那个喜欢鞋子的专栏作家一样。我喜欢高跟鞋，只要是高跟鞋，我就像毒蛇吐着舌信子，直直地就过去了。我只要一穿低跟的鞋子，就觉得没前途。买鞋子我特别舍得花钱，我喜欢很香艳的鞋子，一双很美的鞋子套在我的脚上，我觉得自己是公主，心里美得很。

包

对于亚洲女人来说，红色、黑色、白色的中型包必须各有一个。这样基本上可以搭配平时穿的衣服。

包里不要放入太多的东西，鼓鼓囊囊的可不好看。

不要买那种没有拉锁的包，按有点迷信的说法，那样的包是不进财的。

出去谈事或是吃饭的时候，不要把包放在地上或是桌子下面，那样也是会阻挡财路的。

女人的手提包、鞋子还有发型是整体协调的中心部分，这三样一定要搭配，要清洁。

平时白天用的包不要在穿晚装的正式场合、派对里使用。

有一个小的方法可以使你看起来很细致，就是用小方丝巾拴在包的一角，可以作为装饰品，感觉很不错的。

单身女人手提包里的必需品：

1. 名片
2. 信用卡和少量的现金
3. 手机
4. 护手霜
5. 口香糖
6. 消毒纸巾
7. 补妆用品（口红、粉饼、睫毛膏、小瓶香水、小镜子）
8. 牙签

　　要注意的是，每隔两天就要把包里的东西清理一下，擦擦干净，这样在外面用的时候就不会给别人不清洁的感觉了。

后记

《长得漂亮不如活得漂亮》的增订版在各位读者朋友千呼万唤的要求下，今天又终于得以加印，重新出炉，来到在这本书中得到启发、得到点悟、得到营养、得到惊醒、得到欢喜、懂得感恩的各位读者朋友们手里。这是一件非常美好的事情，我也在此由衷地洋溢出对于自己的思想能得到认同的一份喜悦心。

我曾非常开心地看到，很多女性朋友把"长得漂亮不如活得漂亮"这句话写在手机上、电脑屏幕上、冰箱上、手机壳上，只为每天都能看到，方便随时随地提醒自己的每一天都要尽力地活得漂亮。有的朋友还给我的这句话加上对联：长得漂亮是天生的，活得漂亮才是本事。这样的女人，在我眼里都是非常美好的，非常自律的，非常自爱的，我爱这样的女人，也很骄傲拥有这样的读者。

在每一个清晨，我都会在我的佛堂前，在心里为天下有慧根的你们祈祷、祝福，并感恩你们的忠诚。

我们的社会很复杂，我们的生活很沸腾。美好的时刻夹杂着太多的艰辛，物欲横流的时代常常让我们容易迷失自我本真的心。女人的一生阶段性的迷失一下，不算过分，就像莲花出在污泥中被染上一点点泥巴，算是情理之中，但一旦深深地陷入一种不管不顾的物欲中，一生便会像一朵莲花彻底地被污泥淹没、腐烂！

修心，是我们想要活得漂亮的必修课。修一种叫慈悲、清净、平和、随遇而安的心，是练习你对生命中各种际遇都能对付自如的本领。慈悲心和感恩心就如在心灵里播种下的人生中最上等的种子，有福气的女人，心里都会有一颗这样的花种。在岁月成长的过程中，渐渐开出这朵有慈悲心和感恩心的花儿来，这样的女人是一定会美得很有韵味的。

任何一个心机过重的女人，都是不必去羡慕的，不能去作为榜样女人来崇拜的。因为心机过重，这个女人即使五官再美，身材再劲爆，乳房再丰满，身体里都会在自己不知情的情况下，散发出一种阴气和杀气。长时间沉浸在各种心机中，人就会被各种心机吞没掉，慢慢变得认为生命就该这样，并以这种个性来标榜自己。这样的心情下，就算她拥有全世界的财富，也不会懂得去品味它。因为她的身体里只懂得一个东西，就是玩心机，就算喝一杯茶，茶叶上面都漂浮着她满腹的心机，这只茶杯上爬满的都是负能量。这样的女人身边不可能有真心真意的朋友，财富一旦翻船，是没有几个朋友去打捞她的！

我的确是喜欢在阳光下，迎着太阳生活的女人，我的确是满怀着对家人孝敬，对爱人用情，对生活热情的女人！

我的确希望用一切真诚去感悟生活中的正能量，有慧根的品质，在拥有了一颗这样干净的品质心后，我的生活便会饱含滋润、饱含花香、饱含清爽。唱歌对着天唱，走路一路花香，女人的心房里一定注满的是慧根，气场便会让生命的道路通畅，走哪条路都是座上宾！

《长得漂亮不如活得漂亮》这本书在市面上有如此强烈的影响是我不曾预料的。

有一次我从上海伯尔曼酒店里出来，遇到一个男人走上来对我说："请问您是杨二车娜姆老师吗？"我说："是的。"他说："请允许我请您坐下来喝一杯咖啡，因为您帮我省了一大笔钱。"我很好奇地坐了下来。他说："前段时间我太太和她一帮小姐妹整天商量着怎么去整容，我知道，进了美容院，一开始只是整整眼睛，后来就是哪儿哪儿都动。我不喜欢抱一个我不认识的女人，但是又不敢劝，女人是越劝越固执的。后来有一天，在书店无意看到这本书，觉得名字很有道理，便买了下来，和其他几本书一起，装作从书店购物归来的样子，摆在了我老婆伸手就拿得到的茶几上。后来有几天我发现她拿着这本书在读，从此以后再也不提整容的事了。"我说；"那请我喝杯咖啡太便宜你了，我少说帮你省了几十万！哈哈！"这是一个男性读者的故事，还有很多女性读者因为这本书，这句话，彻头彻尾地改变了她们的命运。看着坐在我对面的她们，流着一汪一汪泪水真诚地感激我，心里想，懂得回谢的女人，真是美丽，真是漂亮！再次感谢出版社的识货，《长得漂亮不如活得漂亮》再次得以加印，在此很深地希望这本书的出炉会影响更多有慧根的女人。找到生命中属于自己幸福的细胞，这就是我最大的圆满。

我爱你们正如你们爱我。

With love

娜姆

结语

今天是8月22日，还有3天，就是我的生日了，昨晚我一个梦都没做，醒来正好早上6：30。我起床、洗手、敬香、煮了杯咖啡，坐回书桌边。昨晚睡得很好，镜子里面的我面色是柔软的。

3年前的8月是我生命中最受刺痛的一个月，以后，每一年的8月份我总是觉得有些敏感。面前的电子邮箱里已经发来了世界各国的生日祝福，书桌边的柜子上已摆放着朋友们从国外寄来的礼物和贺卡，看着这些包装精致的礼物，我知道自己这一生中，有着很好的朋友缘。

这就是我的福气，像我这样的女人，人生就如三节草，离开女儿国的原始文化，接受汉文化教育，再进入西方生活。这些年，人们都是把我很高地捧在天上，朋友缘就变成了我格外珍惜的东西。所以，我从不拒绝和前夫、前男友，甚至他们的太太、女友做成可以喝下午茶的朋友。

人生的日子，缘份的长短，我们一点控制的办法都找不到，就算心疼得像乱针扎肉，也是无可奈何，唯有想着在一起时的快乐时光，在心里告诉自己，曾经爱得如此热烈过，就够了。人的福气是随着心走的，如果你总想着好的方面，事情就会往好的方向发展，反之，事情就会慢慢变坏！不好的气，不要在心里存太长时间，不合算。今天你也许很伤心，丢了一个好人，但明天你也许就会遇见一个比昨天还要好的人，好的爱情在等着你，所以，我从来都不会放弃！

一个女人，一个好的女人，被爱包围的方式是很多的。好女人结婚了，有好老公爱；好女人有男友了，有好男友爱；好女人善良了，有好父母爱；好女人单身了，会有一堆朋友爱；好女人受伤了，会有一堆女人爱！好女人不会被孤立，那些孤立的人，大多数是自己找的。

今年的生日，我和北京8个优秀的单身女人在女朋友Amy的日式餐厅——和仓6号里一起度过。Amy的餐厅里很香艳，气氛很煽情，8个美丽的女人，虽然单身，但个个都不缺爱，美美地一块儿欢度生日。吃精致的日菜，喝上等的香槟，抽"罗蜜欧和朱丽叶"的雪茄，心里向往着阳光，我们感到日子就变成了阳光。8个好友在不同的领域，都是出众的，都是自己辛苦拼出来的，她们的"漂亮"就是因为向上、善良。

　　长得漂亮不如活得漂亮，是我这些年来和太多女人交往得来的心得。

　　人生的路上，最好的风景就是女人帮助女人。也有些女人心胸太狭窄，目光太短浅，当看到你比她好的时候，就开始找麻烦，在中间制造是非。这样的女人，我们不能去恨她，只是要明白就是因为她的人生不漂亮了，才会变成这样。每个人都有不顺的时候，所以我们更应该好好珍惜友情，互相支持，小心眼的女人在这个时代已经变成不时尚的女人。

　　我们今天的中国，越来越好，我亲爱的女性读者们，我祝福你们，成为我们中国的时尚女人、开心女人、智慧女人！好好珍惜女人们的友情，今天你送我鲜花，让我的房间像花一样美，明天我倾听你的烦恼，大家一块儿共渡难关！

　　生命太短暂，让我们大家好好相处，好好相助，一起试着做中国的优秀女人！

　　祝你长得漂亮，也祝你活得漂亮！

　　With love!

　　Namu

Ending

Today is August 22. Three days from now on I will celebrate my birthday. Last night, I didn't have a single dream and woke up this morning at 6:30. I got up and washed my hands and lit incense at my altar and made myself a cup of coffee before returning to my writing seat. I had a good night's sleep last night. From the mirror I could see my face, very soft and tender. I had not had a good night's sleep for a very long time.

This month has been way too hot. My life is also hot. Every day there is something going on that makes my life burn. I feel the weather is getting better now, starting to cool down, and my life will become peaceful again.

It's so nice sometimes to all of a sudden realize a mistake you have made. At least you realize what you've done and you're ready to change. I miss him terribly. August has always been a very sensitive month for me. Three years ago, on my birthday, August 25, I finished my seven-year itch. That pain was like a sharp needle in my heart.

I can see birthday wishes from around the world on my computer screen, wishing me a happy birthday. Next to my desk there are already gifts from Norway and the United States. Look at all these beautifully wrapped gifts, which came from abroad to China, lying quietly on my Tibetan cabinet in my home.

In my life I have always had a very good chemistry with friends. This is my good fortune. The life of a woman like me is like the three sections of a blade of grass--I left my home, the Daughters' Kingdom, learned Chinese, and then lived a Western lifestyle. And during all those years, people propelled me toward Heaven. But there was no real lover beside me. Friendship became my most cherished possession. That's why I never have a problem having tea with my ex-boyfriends, girlfriends, friends and family. I made a call to Italy, just wanting to express some of my emotions. But he didn't pick up the phone. He didn't want to listen to my heart. So, I realized we have no control over the span of fate in our lives. Even if my heart feels a pain like a thousand needles, nothing can be done about it. The only thing we can do is think about the happy times we had together, tell ourselves that inside our hearts we once loved someone ardently. People's fortune always follows the feeling in their hearts. If you're energy is positive, you will rise, if it's negative, you'll fall. Don't keep negative energy in your heart for too long. It's not worth it. There's a Heaven outside of Heaven. Today, maybe you feel hurt because you lost someone you loved, but tomorrow, you may find someone even better than the person you lost yesterday.

That's why I learned how to apologize, but will never learned to give up.

A good woman can be loved in many ways. If a good woman gets married, she'll have a good husband who will love her; if she has a boyfriend, she'll have a nice boyfriend who will love her; if a she is kind, she will always have her parents who will love her; if she is single, she will have lots of friends who will love her; if a she is hurt, she will have lots of women friends who will love her. In this life, no one can be isolated. If you are isolated, it's because you sought isolation.

This year's birthday I chose to stay in Beijing and celebrate it a few days earlier at The Sixth Sense, my good friend Amy's Japanese restaurant. I will celebrate my birthday with a single and fabulous woman. Amy's restaurant is very sexy, and the atmosphere is mysterious. A beautiful woman, even though single, does not lack love. She will happily celebrate eating at a Japanese restaurant, drinking champagne, and smoking Romeo and Juliet cigars. Turn your heart to the sun and your days will be full of sunshine. My girlfriends in different professions do a fabulous job. All this is the result of their hard work, and they did this with their own two hands. A woman who wants to live a beautiful life must first learn how to be kind.

I spent one month finishing the manuscript for this book. Right now, the manuscript is sitting on my desk, and later on the publisher will come to pick it up. In October, it will become a beautiful book. I hope you will hold it in your hands, and I'm sure you will like it.

The concept that "being beautiful is not as good as living a beautiful life" was one that was created by my friends and myself over the years. There are many women around us who do not live beautiful lives; some of them are even our friends. The best thing you can seen on the road of life is a woman helping another woman. But most women don't think like this. Their hearts are too narrow, their view too shortsighted. When they help you to do something, and see the results, they then become jealous and try to destroy you. I don't hate a woman like this. I just understand that her life is not very beautiful and that's why she is like that.

When the days of our lives are not beautiful, we women should even more cherish friendship and support one another. A narrow—minded woman is no longer the cosmopolitan woman of today's world. She's no longer in fashion. In today's China, the entire country and all the people are blossoming. I truly believe if you want to become a cosmopolitan woman in China, you cannot only be beautiful, but must also show your wisdom and kindness. Today you send me flowers because you wish that my life would be like a flower. Tomorrow I listen to your troubles because I want you to live a better life.

Life is very short; we have to always come to each other. To be kind is good for you, and also good for other people. I'm very happy to see that all my girlfriends, and all my women readers, are real cosmopolitan women. We're all proud to be cosmopolitan women in China.

I love you all and wish you all the best.

Kamu

来吧！在泸沽湖

✎✎✎ 杨二车娜姆国际艺术博物馆是我的梦！今天我们相逢在这里，是缘份！我很谢谢你们的到来！！！

✎✎✎ 我心里很明白，如果没有上海证大房地产公司总裁戴志康先生的帮助就不会有今天这个博物馆！就不会有今天你我的相遇！我一生都会在心里感谢戴志康先生！感谢宁蒗县政府！感谢全体小落水村民为我修建的这条——杨二车娜姆之路！感谢翁联辉先生和好朋友高小彪的友情赞助。

✎✎✎ 这里还准备了三间风景美丽、风格不同、温柔香艳的花房！专为接待远方的你，留下饱含泸沽湖蓝色的回忆！

✎✎✎ 目前，展览馆展出的是杨二车娜姆的生活。作为一个摩梭人，走遍世界就像一只蜜蜂采蜜一样，采集到这些所呈献在你们面前的一切。这就是一幅我自己创造的世界！人生的一切都是在这个世界上勾画着自己的生活轨迹！这里的一切都是我一个摩梭女人生活状态的真实写照！这里有我的创作！我的喜忧哀乐！我的喜好！我的妄想！我的颜色！你可以来感受！和我一起分享！我没有多余的东西，你们看见的就是活生生的我！我只是敢于把我的梦融化在了敢于坚持，敢于尝试，敢于创新的真实里，这座我自己建立的城堡，就是我的世界！这样做也是希望鼓励大家，生命短暂，有机会可以尝试不一样的人生，是值得的！我可以！你也可以！再次欢迎你们来！请你们慢慢看，细细品！然后请你们上楼去，到我的露天阳台，这里是看泸沽湖全景的好地方！我的表弟拉珠会为你送上一杯清茶。一面赏景，一面品茶，真的好享受！！！

✎✎✎ 我爱我的民族！我爱我的家乡！我爱我的世界！

✎✎✎ 祝福各位吉祥如意！！！

摩梭人：杨二车娜姆

2005年6月26日

泸沽湖

Come! To Lugu Lake

Yang Erche Namu International Art Museum is my dream!

It feels like we are destined to meet here today. Thank you for coming!

I am very conscious of the fact that without Shanghai Zhengde Real Estate Company President, Mr.Dai Zhi Kang's help, there would be no exhibition centre. Nor would there be any meeting between us today. Mr. Dai, I will thank you all my life!

I would also like to thank the government of Ninglang county and all the villagers in Luo Shui Village. It was they, who made this, Yang Erche Namu Road.

Visiting artists will come here for three months a year. In turn, writers and artists will offer a piece of their work. So, as time passes, Lugu Lake will become a special international artistic, exhibition center of the world.

At the moment, the museum shows Namu's life. As a person of Moso nationality, I have visited everywhere. And, as though I am a honeybee selecting honey, I have gathered these things for you.

I think this is a piece of work for the world produced by me. All our lives describe the world and the lives within it. Thus, here is the real portrayal of my life condition. Here is my work, my happiness and my sadness. You can feel it too, as we are sharing it together. I have left out nothing. I give you the truth of myself, of who I am.

I only dare to make my dream merge into life. The castle I have built is my world. I have done so because I seek to encourage others. It is worthy of us to attempt to create different lives. I can do it. You can do it too.

I welcome you again! Please go upstairs to my open terrace. It is the best place for viewing the whole of Lugu Lake. My cousin Lazhu will offer you a cup of green tea. You can taste it and judge for yourselves as you admire the scenery. Not only is it a real enjoyment, but beautiful, containing different styles, gentle and soft. It has been prepared especially for welcoming you. It will leave you strongly recollecting Lugu Lake!

I love my nationality and my hometown! And I love this colourful world!

A Person of Moso Nationality

Yang Erche Namu
June 26th 2005.

译者：苏权辉

欢迎来娜姆花房

丽江的娜姆花房，真的算得上是丽江城最香艳的花房。它属于会所式的酒吧，花房很艳，酒水价格在丽江算不上是贵。

之所以叫花房，是因为里面有我从广州、北京各地收来的三百朵牡丹花，无比大气的摆在我的藏式古董家具上、艺术品中间和舒适温暖的的沙发边上。

我要实现一个怀揣在心底多年的愿望——开一间香艳的花房。夜晚来临，艳丽的灯光，飘绕的藏香，壁炉里温暖的火苗，背景音乐是我从世界各国收集来的CD，我想看所有爱美的女人，在我的花房里和自己的先生、爱人、亲人，享受这份难得的香艳。

其实，早些年我就开始准备了，只是以为会是60岁以后再开；今天，这家花房酒吧提前开业，完全是因为身边有两位唱歌实在太好听的人儿。每晚沉浸在他们的歌声中，我穿一身阿拉伯式的袍子，给客人敬杯酒，跟喜欢我慕名而来的读者朋友们聊聊天，听听他们的故事。看单身的女人，想想身边有没有合适的人儿，帮她们介绍。女人是不能太久地留在爱情的孤独里的，女人荒太久了，心态不会好，其实，我们女人就像大海，不需要去执着于一滴水！得不到的爱，打包封好，存起来，生活，每一天还得真实地过下去！快乐地过下去！快乐是要出门去寻找的，你不来我丽江的花房，你就看不到一个快乐的女人是怎么当的，当我做你们快乐女人的榜样，真不算吹牛皮。

这间花房在丽江开张，我吃了太多苦头，发了不少火，受了不少委屈，丽江物价根本不便宜，大多物品都是先订货，再从外地运来，时间通常需要四五天。

我的位置虽然是在丽江很有名的古城大水车对面玉河走廊的第二排，可是开发商有本事的很，开发了一大片商铺，门牌号和路标却不舍得花钱做，而丽江古城又规定不能乱挂牌、乱贴路标，所以，每晚，只要座机电话响，我和表妹就跑到丽江古城水车旁去"接客"，否则，像上次有个西安的读者在古城绕了两个小时，快到门口了还花了一百块钱找人带到我的花房门口来！

　　丽江，其实对女人来说是一个不夜城。来的男女客人，大多穿运动装，或者穿来了以后在小店里买的看似很花哨但面料很差的各类花裙。优质的女人是不能穿面料差的衣服的，女人在夜晚不穿高跟鞋，不穿性感一点的衣服，美丽会打一半折扣。丽江，千篇一律的酒吧！晚上因为灯光的原因，看不到地上的脏乱，白天你要是路过，看见地面、桌子、杯子是脏得很让人后背出冷汗的，最要命的就是吃过的口香糖黏得到处都是。前年来丽江，就发誓再不去人多、杂乱、装潢不高雅的酒吧。前年，我带几个朋友去玩，在古城一家最热闹的酒吧坐了半小时，一条新款的范思哲皮裤是罗马的女友快递送来的，刚穿上不到6个小时，就被那个酒吧的桌子下面的口香糖黏住了，发现后用指甲刮，痕迹依然无法消去，心疼加恼火了一夜！

　　我现在年纪大了，心境也不一样了，喜欢安静、干净、有水准、有情调、有艺术感觉、香艳的地方，把心松下来。在柔美的灯光中，女人的皮肤会显得更美，我在海外旅游的日子里，无论带多少套旅行服，箱底永远会存放一套短款的晚装，是为旅行的夜晚准备的。

　　我很真心的希望来我花房的女人们，在丽江的山上、郊外、石板路上玩了一天，穿了一天的旅游鞋，回去酒店洗过热水澡，喷好香水，穿上高跟鞋，来我的花房，悠悠地坐下，享受我为你亲手打造的这一切香艳和美好情调。没有晚装的女朋友们，我花房的楼上还为你准备了一间不大的娜姆华服店，挑一款你认为香艳的华服，让自己香艳一夜，美好的记忆就会铭刻在心底。

　　来吧，天下爱骚包的女人们来我的花房骚包一夜，喝一杯我为你准备的娜姆花酒、娜姆仙茶，不需要非得有男人，女人才想起来骚包，女人有本事自己骚包给自己看，就算得上是活得很明白的女人。

    人生短暂，能有缘分经历各种艳遇和惊喜，是我们前世修来的福。拜托女人们来之前，电话预约，电话号码：0888—5189092，来时别穿登山鞋，别背大旅行包，别穿太难看，否则我不让你进门，是因为我不会忍心看你在我的环境中格格不入，破坏了你的心情。

    花房的水价不算贵，是我很细心的跟其他几家酒吧比较后，定位在中间，所以，我妈来都不打折，因为女人美好的夜晚是不能打折的。但花房免费赠送一些小吃和食物，让桌子看起来丰满，喜庆，很养眼！

    在我家花房渡过一个美好，香艳的夜晚，第二天去看雪山，看蓝天，我们常常看天，我们的心就会像天一样宽大，善良。

    爱你们，天下所有向往香艳的善良女人们。

你们的娜姆

我很荣幸担任了意大利著名古城庞贝的文化形象代言人，对市长先生的赏识我感到自豪和高兴。我很想迫不及待地把这个消息和你们——我亲爱的读者朋友们分享，愿你们能和我一样快乐！

杨二车娜姆出任庞贝形象代言人

刚在意大利出版了新书《走出母亲湖》的杨二车娜姆日前接受风景如画的那不勒斯海湾邀请，担任当地著名古城——庞贝的文化形象代言人。昨天，在她四壁都涂满鲜艳色彩的上海新家，杨二车娜姆告诉记者："我的朋友一听到这个消息就和我开玩笑说，'这也许真是一个巧合，你就是一个像维苏威火山一样能爆发的人。'"而意大利庞贝市市长选择她的真正初衷是："你把摩梭人带入了世界地图，相信你也能把庞贝带给中国，带给世界。"

自从在故乡泸沽湖边的小落水村建造了自己的博物馆，杨二车娜姆在任何地方都更加留意当地的历史与文化。意大利南方古城庞贝让她震惊的，是"一种简洁、高雅、经典的美"。2000多年前的古城，通风、排水……很多人性化的近代建筑设施它都有，而且高度组织化。在公共澡堂喷凉水的大理石座上，现在还能看到清晰的铭文，告诉人们建造的钱来自公共市政基金。地面上用石砖拼出来的小狗图案，和边上的文字一样生动地传达着这座城市"look after the dog.（请爱护小狗）"的温情。

最触动杨二车娜姆的是当地人对城市历史发自内心的自豪感与呵护。带她旅行的一个当地导游耐心地解释，如何通过地上门槽的形状来判断地基上的房子曾经是使用平移式门的商店，还是使用推门的民居。也是这个普通的导游，雨天手里拿着伞，看到任何地方应该通畅的小洞被堵住了，就会不厌其烦地去把它捅开；哪个地方有碎石头多出来，也会随时上前去捡起来。今天的庞贝，每一棵树

修剪的形状，甚至每一个现代垃圾箱设置的颜色，都与古城的环境完美融合。古城墙上出土的壁画，庞贝人骄傲地把它们印在餐盘、纪念章等各种当代用品上，让游客们带着满世界跑。

杨二车娜姆说庞贝让她想起西安，这座有3100多年建城史，在去年刚与庞贝结为友好姐妹城市的中国古都，还有更多的中国古城。"为什么我们的古城、我们的文物，有点历史的就往往是灰扑扑、脏兮兮的？"杨二车娜姆计划下月去西安做一次详细的考察，5月再去庞贝，并在未来的新书中比较这两座城市的历史与当代文化。

于是，这个声称要像"逢人就说泸沽湖"一样"逢人就谈庞贝"的文化代言人，终于还是像上海的新家避不开北京家居中挑战视觉极限的民族色彩那样，在世界各地来来往往，而依然有一个固执的方向。

记者：陈怡

（京）新登字083号

图书在版编目（CIP）数据

长得漂亮不如活得漂亮 ／（美）杨二车娜姆著. —2版.
北京：中国青年出版社，2013.8
ISBN 978-7-5153-1794-6

Ⅰ．①长… Ⅱ．①杨… Ⅲ．①随笔－作品集－美国－现代
Ⅳ．①I712.65
中国版本图书馆CIP数据核字（2013）第166316号

责任编辑：王飞宁 孙梦云
书籍设计：张清工作室
书中图片：杨二车娜姆提供
封面摄影：周毅
出版发行：中国青年出版社
社址：北京东四12条21号
邮政编码：100708
网址：www.cyp.com.cn
编辑电话：（010）57350505
营销中心：（010）57350370
印刷：北京顺诚彩色印刷有限公司
经销：新华书店
规格：700mm×1000mm 1／16
印张：15.25
字数：100千字
印数：62001—66000册
版次：2013年8月北京第2版
印次：2014年3月第2次印刷
定价：35.00元

感谢泸沽湖照片的摄影师：Constantin de shizewicz
感谢所有对这本书给予帮助和关心的朋友